suhrkamp taschenbuch 2841

Ein Kind fragt seine Mutter: »Was für ein Tag ist heute?« Die Mutter sagt: »Heute ist Mittwoch.« »Was wäre, wenn Donnerstag wäre?« fragt das Kind; und die Mutter sagt: »Frag nicht so saudumm.«
Jeder, der Peter Bichsel kennt, weiß, daß ihm die subversiv-naive Kinderfrage gefällt, auch wenn sie unbeantwortet ist, aber vielleicht ist sie gerade deshalb eine gute Frage, weil sie ins Konjunktivistische, ins Absurde zielt.
Der Unabänderlichkeit des Bestehenden Schwierigkeiten machen, nach dieser Maxime handeln Bichsels Protagonisten in seinen Geschichten, ebenso wie der vortragende Schriftsteller in seinen Reden und Aufsätzen:
»Hier wird öffentlich nachgedacht: über die schulisch abgetriebene Lernwilligkeit der Schüler, ›die ganz kleinen Widerstände in der Demokratie‹, über die ›Aufgabe des Staates‹ zugunsten eines ›Dienstleistungsbetriebes für Bürger‹, über die Schweiz und ihre verlorene Unschuld, über die großen Schrecken, die die kleinen erträglich machen, über die Frage, wie christlich die Christen, wie deutsch die Deutschen sind.« *Die Zeit*
Peter Bichsel, geboren 1935 in Luzern, lebt in Solothurn. Sein Werk erscheint im Suhrkamp Verlag und ist ab Seite 181 dieses Bandes verzeichnet.

Peter Bichsel
Schulmeistereien

Suhrkamp

Die Originalausgabe erschien 1985
im Luchterhand Verlag, Darmstadt und Neuwied
Umschlagfoto: Uwe Dettmar

suhrkamp taschenbuch 2841
Erste Auflage 1998
Suhrkamp Taschenbuch Verlag

Satz: IBV Satz- und Datentechnik, Berlin
Druck: Nomos Verlagsgesellschaft, Baden-Baden
Printed in Germany
Umschlag nach Entwürfen von
Willy Fleckhaus und Rolf Staudt

1 2 3 4 5 6 – 03 02 01 00 99 98

Inhalt

Die grammatikalische Zukunft

Ein Kind fragt seine Mutter: »Was für ein Tag ist heute?« Die Mutter sagt: »Heute ist Mittwoch.« »Was wäre, wenn Donnerstag wäre?« fragt das Kind; und die Mutter sagt: »Frag nicht so saudumm.«

Mir hat die Frage des Kindes gefallen. Sie ist zwar unbeantwortbar, aber es ist eine gute Frage.

Vielleicht weiß das Kind, oder ahnt es, daß die Frage unbeantwortbar ist. Vielleicht will es nichts anderes, als seine Mutter ins Unbeantwortbare verlocken, ins Absurde, ins Konjunktivische, ins »Was-wäre-wenn«.

Man kann sich in Fragen gut einrichten, man könnte in Fragen leben. Kinder leben in Fragen, Erwachsene leben in Antworten. Es kommt vor, daß Kinder auf Antworten verzichten, keine Antworten wollen, nur Fragen, als ob es eine Welt der Fragen und eine Welt der Antworten gäbe, die nur ganz zufällig etwas miteinander zu tun haben – Gegenwelten.

Richtig und erwachsen gefragt heißt das: »Was wird morgen für ein Tag sein?«

Die grammatikalische Zukunft, so wird von Lehrern wider besseres Wissen behauptet, wird mit dem Verb »werden« gebildet. Dabei sage ich nie: »Ich werde morgen nach Aarau gehen«, sondern ich sage: »Ich gehe morgen nach Aarau.«

Das Wort »werden« brauche ich in der Regel als Drohung.

Ich drohe meinen Kindern: »Du wirst das noch selbst erleben.« »Du wirst dir deine Hörner schon noch abstoßen.« »Du wirst im Militär schon noch Ordnung lernen.«

»Du wirst das noch einsehen müssen.«

Für ein Kind ist jene grammatikalische Form, die man mit dem Wörtchen »werden« bildet, nicht die Zukunftsform, sondern die Drohform. Wenn der Lehrer oder der Vater einen Satz mit »Du wirst« beginnt, dann folgt nichts Gutes.

Vielleicht lernen wir auch deshalb die Zukunft ausschließlich als Bedrohung kennen.

Ein Kind hat es gut, es hat noch keine Zukunft, weil es noch Zeit genug hat. Die Zeit von einem Geburtstag zum andern ist unendlich lang, und es ist nicht wie bei den Erwachsenen immer wieder Weihnachten. Und weil die Zukunft für ein Kind angenehm weit weg ist, droht man ihm mit Zukunft: »Du wirst schon noch, du wirst schon noch, du wirst schon noch...«

Die Zukunft ist unvermeidbar. Sie kommt einfach wie der Regen, wie der Sommer, wie der Winter: Und das ist nicht gut, daß alles einfach kommt, sagt das Kind. Man sollte etwas unternehmen gegen den Regen oder gegen den Sommer oder gegen den Winter. Man kann sich das einfach nicht bieten lassen, sagt das Kind.

Es stellt Fragen: »Warum fällt ein Stein nach unten? Warum fällt ein Stein nicht nach oben? Warum schwimmt Holz auf dem Wasser? Warum fliegt es nicht?«

Die Erwachsenen wissen es. Es gibt Naturgesetze; die Kinder ahnen das auch, aber sie sind dagegen.

Es gab eine Zeit, da war auch die Kirche dagegen – dagegen, daß die Erde rund ist, zum Beispiel. Das war so etwas wie Utopie, schlechte oder gute, es war der Glaube an Utopia, an den Ort, den es nicht gibt. Es gab eine Zeit, da erklärte die Kirche die Wahrheit zur Ketzerei. Als sie die Wahrheit nicht mehr verhindern konnte, erklärte sie die Naturgesetze für göttlich. In beiden Fällen, so nehme ich an, aus keinem anderen Grunde, als um menschliche Hoffnung zu verhindern: die Hoffnung darauf, daß etwas anders sein könnte, als es ist.

Ich weiß nicht, was göttlich daran sein soll, wenn ein Stein nach unten fällt, und ich weiß nicht, was göttlich daran sein soll, wenn er nach oben fallen würde. Mich fasziniert das auch, daß das alles zusammenpaßt und so etwas ergibt wie einen Sinn, aber wenn dieser Gott nichts anderes ist als ein Naturorganisator, dann, bitte, dann interessiert er mich nicht. Dann will ich auch dann nichts mit ihm zu tun haben, wenn es ihn gibt. Dann interessiert er mich nicht mehr, als mich mein Oberst interessiert oder mein ehemaliger Schulhausabwart. Dann ist er nicht mehr als ein Ordnungsfanatiker, ein Schreibtischtäter.

(Ich halte das nicht für Gotteslästerung, weil ich einen solchen nicht für Gott halten würde.)

Etwas einfacher: wir diskutieren über Zukunft, und wir fürchten uns – alle fürchten sich, auch die, die sie bauen – vor Atomwerken, und wir haben technische Experten hier, und wir haben technische Experten dort. Sie diskutieren letztlich über nichts anderes als über die Naturgesetze: ob es technisch möglich oder technisch unmöglich sei, ob es technisch verantwortbar oder technisch unverantwortbar sei. Und letztlich meinen zum mindesten die Gegner etwas anderes, das recht schwer in naturwissenschaftlichen Formen ausdrückbar ist, etwas, das letztlich nichts damit zu tun hat, daß ein Stein nach unten fällt.

Es sind zum Beispiel auch die Naturgesetze, die es möglich machen, daß man mit Hilfe eines Gewehrs und Pulver eine Kugel in den Leib eines andern schießen kann. Die Naturgesetze ermöglichen es, daß diese Kugel unter Umständen das Leben des andern auslöschen kann. Trotzdem, ich tu es nicht und hoffe, es nie zu tun.

Ich weiß, der Vergleich hinkt. Die Atomexperten diskutieren, ob Atomenergie Menschen tötet oder ob es sie nicht tötet. Sie diskutieren über Risiken. Ich gestehe ihnen zu, daß sie das verantwortungsvoll – naturwissenschaftlich verantwortungsvoll – tun. Wenn die Naturgesetze göttlich wären, würde das genügen.

Zum Schluß: Utopia – der Ort, den es nicht gibt. Jeder wirkliche politische Erfolg war nichts anderes als ein Stück mehr Utopia, war die Frage nach dem »Was wäre wenn«, und Utopia ist die einzige Alternative zu einer Zukunft, die niemand mehr mag. Es wurde in dieser Welt gesellschaftlich und sozial sehr viel Unmögliches möglich gemacht. Wer aber nur an Mögliches glaubt, dem bleibt wirklich nichts anderes als der Tod, der so sicher ist wie daß ein Stein nach unten fällt. Es scheint mir sinnvoll, die Frage zu stellen: »Was wäre, wenn heute Donnerstag wäre?«

1975

Wissen ist Widerstand

Liebe Kolleginnen, liebe Kollegen,
ich meine diese Anrede als Gewerkschafter, nicht etwa als ehemaliger Lehrer. Wenn ich auch weiß, wie schlecht es um die gewerkschaftliche Solidarität steht, ich weiß als ehemaliger Lehrer auch, daß es um die Solidarität unter Lehrern um noch einiges schlechter steht, und ich hielt die Anrede »Kollegen« unter Lehrern fast immer für verlogen.

Ich war 13 Jahre Lehrer und bin es seit 13 Jahren nicht mehr. Allerdings, meine Erinnerung an meine Lehrerzeit wird immer schwächer, und richtig präsent wird sie nur in schlechten Träumen, die ich wohl nie mehr verlieren werde. Der fürchterliche Traum zum Beispiel, daß ich eine sechste Klasse vor den Prüfungen unterrichte: es ist bereits November, und ich habe mit dem Rechnungsbüchlein noch nicht angefangen. Meine Kollegen erwähnen strahlend Seitenzahlen und Erfolge. Ich muß sagen, wenn ich nach einem solchen Traum erwache, dann ist es für mich eine große Erlösung, wenn ich feststelle, daß ich kein Lehrer mehr bin.

Im Wachzustand allerdings kann es mir leid tun. Ich war gern Lehrer, und ich glaube, daß Lehrersein ein Beruf ist, dessen Ausübung unter allen Umständen – also auch unter allen politischen Verhältnissen – sinnvoll sein kann. Die wenigen Deutschen, die ich kenne, die während des Kriegs in irgendeine Form des Widerstandes gegangen sind – vielleicht auch nur in den innern Widerstand – erzählen alle von einem Lehrer, der sie dazu anregte. Vielleicht nur anregte mit dem Tonfall, wie er sein »Heil Hitler« sagte, oder mit der Begeisterung, wie er Latein unterrichtete oder von Schmetterlingen erzählte.

Die vielen Deutschen allerdings, die mitmachten, die hatten auch Lehrer, und viele von ihnen hatten Lehrer vor Hitler, Lehrer, die Hitler nicht gewählt hätten und nicht wählten und ihre Schüler trotzdem für ihn vorbereiteten. Vielleicht hätten sie es nicht getan, wenn sie's gewußt hätten.

Vorbereiten kann nichts anderes bedeuten, als Menschen fähig machen, mit möglichen Situationen umzugehen, das heißt, sich unter möglichen Situationen auch die unmöglichsten vorstellen zu können. Das heißt, auch in der besten aller Gesellschaften – wenn es das geben sollte – ist Patriotismus nicht angebracht. Nur wer am Bestehenden seinen Widerstand geübt hat, wird ihn ausüben können vor dem möglichen Kommenden. Und ich meine jetzt nicht einmal »politischer Unterricht«, ich meine die Begeisterung für Schmetterlinge und den Tonfall, in dem man über Schmetterlinge spricht. Ich meine auch: das Andere dem Einen entgegensetzen, das Unnötige dem Nötigen entgegensetzen.

Mir gefällt der Satz »Wissen ist Macht« um so weniger, je länger ich darüber nachdenke. Er stammt aus der Pionierzeit der Arbeiterbewegung, einer Zeit, in der Emanzipation an und für sich – Erlösung aus dem Elend – alles war, in der es darum ging, die Arbeiterbewegung salonfähig zu machen. Das war etwas, und ich kritisiere es nicht. Aber der Satz würde mir besser gefallen, wenn er heißen würde »Wissen ist Widerstand – ist Widerstand gegen die Macht«.

Daß dies Diktatoren nicht lieb sein kann, das leuchtet ein. Daß aber demokratisch gewählte Regierungsmänner immer wieder glauben, die Volkswahl sei genügende Legitimation ihrer Macht, und sie hätten nichts anderes zu vertreten als eben diese »abstrakte« Mehrheit und nicht die Minderheit, von der sie herkommen – das ist mir unverständlich. Wer glaubt, er sei durch eine Mehrheit legitimiert, der ist ein Scheindemokrat. Die großen Diktatoren fühlten und fühlen sich auch von der Mehrheit, wenn nicht sogar von der Gesamtheit getragen.

Daß in der Demokratie mit Recht die Mehrheit entscheidet, führt zu der falschen Annahme, daß die Demokratie eine Sache der Mehrheit sei. Die Grundidee der Demokratie ist aber nicht die Mehrheit, es sind die vielen Minderheiten. Wenn zum Beispiel ein sozialdemokratischer Regierungsmann glaubt, er sei durch seine Wahl der Mehrheit und der Gesamtheit verpflichtet und nicht jener Minderheit, die ihn aufgestellt und delegiert hat, dann verrät er nicht einfach nur seine Partei, sondern er verrät die Demokratie, den Pluralismus, und seine Parteifarbe hat nur noch die Funktion, einen Einparteienstaat als Mehrparteienstaat abzutarnen.

Ich sprach von Widerstand – Sie können es von mir aus auch kritisches Denken nennen –, und ich meine nicht den großen Widerstand, sondern ich meine die kleinen und die ganz kleinen Widerstände. Selbstverständlich gibt es keinen Politiker, der nicht täglich versichern würde, daß Kritik nötig sei, daß Opposition nötig sei – beim Widerstand und bei den Widerständen wird es schwieriger, sie sind, und das macht sie so schwierig, unnötig. Ein gebildeter Mensch aber – und ich kenne gebildete Arbeiter und gebildete ehemalige Hilfsschüler – ist für mich einer, der möglichst viel Unnötiges und Unbrauchbares weiß. Ich kenne auch, in diesem Sinne, ungebildete Universitätsprofessoren.

Für diesen Unsinn – das weiß ich auch – würde der Staat freilich keine Schule einrichten. Dafür, daß man »Wirklich-Unnötiges« lernt, würden die Eltern die Kinder nicht in die Schule schicken. Sie schicken sie für das Nötige, und das Nötige besteht nicht einmal aus eigentlichem Wissen, sondern es besteht nur darin, besser zu sein als die anderen. Die Eltern schicken ihre Kinder nicht in die Schule, sie schicken sie in die Selektion, und sie hoffen auf Sieg wie auf den Sechser im Lotto oder wie auf die Schweizer in der Tour de France. Daß ihre Kinder besser sein werden, das ist die eine Sache; wenn alle anderen schlechter sind, genügt das auch.

Zurück zum Unsinn, zum Unnötigen. Ich erwarte die Lehrerfrage: Was für Unnötiges, welches Unnötige sollen wir ihnen denn beibringen?

Ich kenne die unbändige Lust der linken Intellektuellen

an Papierbergen und Spezialkommissionsbeschlüssen. Ich hoffe sehr, daß mich niemand ernst nimmt. Ich plädiere gegen die praktische Anwendung meiner Überzeugung.

Wir können nicht hingehen und einen Lehrplan des Unnötigen aufstellen, denn wir müßten ja das eine gegen das andere abwägen, und wir kämen dann zu so irren Kategorien wie »Das nötigere Unnötige« und »Das weniger nötige Unnötige«. Ich sehe die strahlenden Gesichter von pedantischen Zeichenlehrern, von sektiererischen Musiklehrern, von esoterischen Lateinlehrern, die sich von diesem Lehrplan des Unnötigen eine Aufwertung ihres Faches in Richtung des Nötigen versprechen würden. Meine Mutter zum Beispiel sah einen Sinn darin, daß ich in die Geigenstunde gezwungen wurde. Sie versprach sich auch etwas davon, und zudem war es fast notwendig, weil sie sich vorstellte, daß ich später ins Lehrerseminar gehen könnte. Handorgel wäre mir heute noch lieber. Aber ich hätte wohl auch als Handorgelschüler einen Lehrer gefunden, der Handorgeln als dringend nötig empfunden hätte.

Lassen wird das.

Ich lasse das und behaupte das Gegenteil.

Denn eines ist der guten Schule, der reflektierten Schule schon längst bekannt: Es geht nicht einfach darum, *den* Stoff zu lernen, sondern es geht darum, *am* Stoff zu lernen.

Das ist ein sehr humaner Satz, und er hat sich durchgesetzt. Kein Schuldirektor und kein Inspektor wird sich gegen diesen Satz stellen. Warum eigentlich nicht?

Beginnen wir von vorn.

Ich erinnere mich noch sehr deutlich an meinen ersten Schultag. Ich erinnere mich, wie ich mich augenblicklich in meine Lehrerin verliebte: für mich die einzige Erklärung dafür, daß ich kein Schulversager wurde. Ich könnte ihr Kleid heute noch beschreiben. Aber ich erinnere mich auch, daß ich diesen ersten Schultag als Betrug empfand. Man hatte mir gesagt, daß man in der Schule lesen und schreiben lernt, und wir hatten an diesem ersten Tag überhaupt nichts gelernt. Ich wollte doch ein Schüler werden wie die richtigen Schüler. Aber es dauerte tagelang, bis es anfing, und als es anfing, das Lernen, da bemerkte ich es nicht einmal. Ich bin – vorbereitet durch ältere Kameraden, vorbereitet durch meine Mutter – als Lernwilliger in die Schule gegangen. Aber man ließ mir in der Schule nicht einmal das Erlebnis des Lernens. Ich habe das Lernen, auf das ich mich so freute, nicht bemerkt, weil man glaubte, mich mit Spielchen, Klebförmchen, mit Äpfelchen und Birnchen zum Lernen verführen zu müssen. Ich übertreibe, wenn ich sage, ich war beleidigt, daß man mir meine Lernwilligkeit nicht glaubte. Aber vorstellen könnte ich mir das schon.

Mein erstes Lernerlebnis – und das ist ein beglückendes Gefühl – hatte ich erst viele Jahre später, nach meiner Schul- und Lehrerzeit – zum Beispiel, als ich versuchte, ohne Lehrer Englisch zu lernen.

Es ist eine eigenartige Sache, daß die Schule immer wieder von der Lernunwilligkeit der Schüler ausgeht. Die Klage der Lehrer über unsere Lernunwilligkeit begleitet unsere ganze Schulzeit von der Volksschule bis zur Universität: »Die Schüler sind zu faul, die Studenten sind zu faul, niemand will lernen.« Dabei treten in die erste Klasse der Volksschule lauter Lernwillige ein, und es sind nicht nur Lernwillige, es sind auch Lernfähige. Sie haben große Erfahrungen im Lernen, sie haben – nicht ohne große Anstrengungen – sitzen gelernt, stehen gelernt, laufen gelernt, reden gelernt. Sie verstehen praktisch vom Lernen mehr als ihr Lehrer, der sein eigenes Lernen längst vergessen hat, der an seine eigene Schule keine Lernerinnerungen hat, sondern nur Prüfungserinnerungen und Erfolgserinnerungen: er ist durchgekommen.

Die ersten Stunden in der Volksschule beginnen mit Beleidigungen. Der Erstkläßler hat erwartet, daß er mit seinem Schuleintritt jetzt auch zu den »Großen« gehöre. Er begegnet nun aber einem kindischen Gesprächston, wie er ihn von seiner Mutter zu Hause längst nicht mehr kennt. Er lernt nicht – was ihm versprochen wurde – das A und das B und das C, sondern er wird mit kindischen Spielen zum Lernen verführt. Er wird von Anfang an wie einer behandelt, der nicht lernen will. Er wird vorerst zur Lern-Unwilligkeit verführt. Man nennt das Didaktik oder Methodik, und diese Methodik hat Methode: Würde man von der menschlichen Lernwilligkeit ausgehen, dann könnte man dem Schüler nur den Lehrstoff vermitteln, dann wären letztlich Lesen und Schreiben so viel wert wie Gehen, Stehen und Sprechen. Auch diese drei Dinge tun wohl nicht alle Menschen gleich, aber man wertet das Gehen nicht zum vornherein. Würde die Schule nun die natürliche Lernfähigkeit übernehmen, dann ließen sich die Resultate nicht werten und prüfen. Die natürliche Lernfähigkeit ermöglicht keine Selektion. Gelerntes ist letztlich nicht prüfbar.

Ohne Lern*un*willigkeit keine Selektion. Wo nicht etwa der Stoff, sondern die Lernwilligkeit und die Arbeitsleistung geprüft werden sollen, da muß vorerst die natürliche Lernwilligkeit abgebaut werden. Eine natürliche Fähigkeit muß durch Arbeit ersetzt werden. Man lernt in der Schule nicht Dinge und Sachen, sondern man lernt in der Schule das Arbeiten. Man lernt, daß Arbeit unangenehm ist, im Schweiße unserer Angesichter stattzufinden hat, und deshalb, nur deshalb, Gott wohlgefällig ist. Man lernt in der Schule, daß man sich durchzusetzen habe: durchzusetzen gegen wen? Gegen die andern: einmal als Nation, alle Schweizer gegen die faulen Ägypter, und dann auch selbstverständlich als einzelne, jeder gegen jeden. Ohne Konkurrenz keine Arbeit: ein Volk von gleich gut Lesenden wie etwa einigermaßen gleich gut Stehenden, das wäre für die freie Marktwirtschaft untauglich und für den sozialen Bruttosozialproduktstaat auch. Wer nur das Lesen lernt, der lernt noch lange nicht, sich zu Tode zu krampfen.

Die Selektion ist früh abgeschlossen, mit etwa drei Schuljahren sind die Fronten im großen ganzen abgesteckt. Die Schulversager erkennen sich selbst bereits als Schulversager. Die Sieger sind die Systemwilligen, nämlich jene, die ihre Lernwilligkeit durch Arbeitswilligkeit ersetzt haben.

Die Schule ist eine Arbeitserziehungsanstalt. Sie ist – im Unterschied zu Anstalten, die man offiziell so nennt – sehr erfolgreich. Die Schweizer können arbeiten, die ganze Welt weiß das. Das Bruttosozialprodukt ist nicht nur blödsinnig, sondern auch die Grundlage des Sozialstaates. Die Abhängigkeit vom Bruttosozialprodukt erübrigt Diskussionen über Menschlichkeit. Und wer will das anders. Das ist doch alles gut.

Das wollen wir! Was wollen wir sonst?

Vielleicht doch noch einiges mehr.

Die Abschaffung der Kinderarbeit im 19. Jahrhundert war nur gegen harte Widerstände der Arbeitgeber möglich. Ganz abgesehen von der Ausbeutung: diese Kinderarbeit war auch als »Schule« gedacht. Man hat das Arbeiten früh zu lernen; wer es nicht als Kind lernt, der lernt es nicht mehr.

Auf die voreilige Ausbeutung der Kinder hat man verzichtet, auf die Arbeitserziehung konnte man nicht verzichten. Eltern wissen, wie überbelastet selbst Volksschüler sein können. Ich habe kürzlich mit einer Mutter zusammen die rein schulische Wochenarbeitsleistung eines zehnjährigen Mädchens (eine ausgesprochen gute, vielleicht etwas zu gewissenhafte Schülerin) ausgerechnet. Seine Arbeitsleistung (Schule und Hausaufgaben) machten eine Wochenleistung von über 50 Stunden aus. Gäbe es noch die Kinderarbeit, kein Unternehmer könnte sich das leisten. Die Arbeitserziehung wird von der Schule gründlicher geleistet. Der Verzicht auf die voreilige Ausbeutung der Kinder durch die Industrie hat sich gelohnt.

Schülerarbeit im 20. Jahrhundert ist der Ersatz für die

Kinderarbeit im 18. und 19. Jahrhundert. Hier kann das Manchestertum noch wilde Orgien feiern. Schülerarbeit untersteht keinem Gesamtarbeitsvertrag. Ausgerechnet der Schüler ist der einzige in unserem Staat, dem keine Höchstwochenstundenzahl garantiert wird. Seine Arbeitsbelastung ist unkontrollierbar. Er ist nicht einmal dem Heimarbeitergesetz unterstellt. Die Forderung von Gymnasiasten nach einer 40-Stunden-Woche würde wohl mit Entsetzen entgegengenommen werden. Ein Schüler hat zwar seine Freizeit, aber er benützt sie auf eigene Verantwortung, sie ist ihm nicht garantiert. Er hat sich selbst zu entscheiden, ob er sich Freizeit leisten kann oder ob er »lernen«, nämlich arbeiten muß. Seine Freizeit hat mit Freiheit noch weniger zu tun als die Freizeit des Industriearbeiters. Er wird seine Freizeit immer unter dem Gewissensdruck der nicht oder mangelhaft geleisteten Arbeit verbringen.

Genau dieser Gewissensdruck ist das eigentliche Lehrziel unserer Schule. Dieser Gewissensdruck ist notwendig für eine Wirtschaft, die Wachstum als notwendig erachtet. Ich habe dazu keine Alternative. Ich halte es für sinnvoll, Menschen auf das Erwerbsleben vorzubereiten, und man muß sie wohl auf jenes Erwerbsleben vorbereiten, das wir haben.

Die humane Forderung, daß der Schüler nicht einfach *den* Stoff, sondern *am* Stoff lernen soll, ist also bereits erfüllt. Und nicht nur bereits erfüllt, sondern auch bereits besetzt.

Arbeit, das muß auch gesagt werden, ist nichts Negatives. Jeder Mensch – und unter allen Bedingungen – hat das Arbeiten zu lernen. Meine Ausführungen über die Arbeitserziehungsanstalt Schule sind nicht kritisch, sondern nur feststellend gemeint. Kritisch sind nur meine gewerkschaftlichen Überlegungen in Sachen Gesamtarbeitsvertrag und Heimarbeitergesetz. Und daß sogar ich selbst diese beiden Begriffe im Zusammenhang mit Schülern als komisch empfinde, das macht mich traurig.

Ich kenne die Frage, und ich finde sie berechtigt: »Wo ist die Alternative?«

Liebe Kolleginnen, liebe Kollegen, ich fürchte, es gibt diese Alternative nicht. Ich fürchte, Schule wird, wo auch immer und unter was für Umständen, ein Dilemma bleiben. Damit hat sich der schlechte Lehrer abzufinden und der gute Lehrer auseinanderzusetzen.

Ich erinnere mich – wir erinnern uns – an die Euphorie der 68er in Schulfragen. Man glaubte, ihn gefunden zu haben, den Punkt, an dem die Gesellschaft verändert werden kann. Zwar bekam kaum jemand Gelegenheit, es auszuprobieren – und wenn, ich bin fast überzeugt, es hätte nicht funktioniert. Der Schultraum der 68er ist ausgeträumt. Die Diskussion über Schulmodelle hat wenig Öffentlichkeit mehr.

Was soll ich Euch jetzt noch sagen?

Ich wiederhole: Ich halte Schule-halten unter allen Bedingungen für sinnvoll. Und vielleicht noch – aus Verlegenheit – zwei Geschichten.

Die erste: In der U-Bahn in New York ist alles zweisprachig angeschrieben. Englisch und Spanisch. Das Spanische ist für die Puerto-Ricaner, die kein Englisch verstehen. Es soll sie auch in der zweiten und dritten Generation geben. Nur hat mir jemand erklärt, daß die zweisprachigen Aufschriften eigentlich sinnlos seien, weil diejenigen Puerto-Ricaner, die kein Englisch können, auch nicht lesen und schreiben können. Es gibt keine spanischen Schulen. Und es soll Puerto-Ricaner geben, die ihre Schulzeit in der englischsprachigen Schule einfach in den hintersten Bänken absitzen, ohne je den Lehrer vorn zu verstehen: ein schlechtes Zeugnis für die Schule und eine traurige Sache für die Schüler. Und ich weiß nicht, für was diese Geschichte hier gut ist – aber irgendwie fasziniert mich das doch, der Schüler, dem die fatale Verweigerung gelingt, der sich einfach weigert, seinen Lehrer zu verstehen.

Allerdings: wieviel das nützt, weiß man erst, wenn man sieht, wie sie wohnen und leben und leben müssen.

Die Gegengeschichte: Vor einigen Jahren traf ich im Bahnhofbuffet Zürich mit einem jüngeren Italiener zusammen. Er war etwas geckig aufgeputzt und stellte in recht gutem Deutsch immer wieder leicht provokative Fragen. Plötzlich sagte er: »Kannst du Spanisch?«

Ich sagte: »Nein.«

»Französisch?«

»Wenig.«

»Italienisch?«

»Nein.«

»Englisch?«

»Ganz wenig.«

Dann fragte er mich. »Wie lange bist du zur Schule gegangen?«

Ich sagte: »Dreizehn Jahre.«

Darauf beschimpfte er mich und sagte: »Ihr faulen Hunde hier, ihr Herrensöhnchen. Ich konnte nur drei Jahre zur Schule gehen. Hätte ich dreizehn Jahre gehen dürfen, ich hätte alle Sprachen der Welt gelernt.«

Ich war sehr beschämt. Ich habe nichts geantwortet. Er war zu gereizt.

Oder hätte ich etwa antworten sollen: »Ich war ein guter Schüler. Ich habe alle Aufgaben gemacht. Ich habe mich gut vorbereitet. Alle Prüfungen bestanden.« Oder hätte ich ihm sagen sollen: »Ich bin sogar Lehrer geworden.«

Ob er wirklich gelernt hätte in der Schule – ich weiß es nicht. Ich glaube es nicht. Aber daß man in der Schule die Lernwilligkeit abgeben muß, davon hat er jedenfalls nichts gewußt. Aber ich glaube, er hatte recht. Die einzige Alternative zur Prüf- und Selektionsschule wäre die Lernschule. Freire und Illitsch haben schon davon gesprochen.

Liebe Lehrerinnen, liebe Lehrer, ich hatte nicht die Absicht, hier Bedeutendes, Neues und Revolutionäres zu sagen. Ihr werdet mit meinen Ausführungen in der Praxis nichts anfangen können. Ich würde mir überheblich vorkommen, und ich würde mich schämen, wenn ich Euch helfen wollte oder glaubte, helfen zu können.

Ich wiederhole: Ich plädiere gegen die praktische Anwendung meiner Überzeugung.

Und zum Schluß etwas – ohne Begründung, ohne Argumente, einfach so: Die Zeiten stehn schlecht. Die Angst vor der politischen Zukunft ist berechtigt. Mir scheint, daß es unter diesen Umständen die höchste Pflicht eines guten Lehrers ist, mit fast allen Mitteln – auch mit dem Mittel des Wohlverhaltens – dafür zu sorgen, daß er seinen Schülern nicht entzogen, nicht weggenommen wird.

Das ist eine verdammt harte Pflicht.

Ich meine die Schmetterlinge, ich meine den Widerstand.

1981

Die Volksschule – ein Geschäft ohne Partner

Im Zusammenhang mit dem Versuch, einen Schüler des Freudenberggymnasiums in Zürich zu relegieren, ist ein neuer Begriff in die Diskussion der Mitbestimmung gekommen: das Streikrecht der Schüler.

Lohnabhängigen wird das Streikrecht von der Gesellschaft, wenn auch nicht gerade überzeugt, zugestanden. Man nimmt an, daß auch sie durch einen Streik eine Einbuße (Lohneinbuße) erleiden und daß sie deshalb dieses Recht wohl vorsichtig genug beanspruchen.

Entweder ist man bei Schülern nicht überzeugt, daß sie eine Einbuße (Bildungseinbuße) erleiden, oder man traut ihnen die Einsicht in diese Einbuße nicht zu. Letztlich fällt beides auf die Schule zurück: entweder sie vermittelt zu wenig Bildung, als daß die Einbuße schwerwiegend genug wäre, oder sie zweifelt selbst daran, daß sie den Schülern die Einsicht in die Bildungsnotwendigkeit vermitteln konnte. So gesehen, wären dann die Abhängigkeiten ganz anderer Natur als in einem Wirtschaftsbetrieb, wo die Arbeitnehmer ebenso vom Arbeitgeber abhängig sind wie dieser von ihnen. So gesehen, müßte man zum Schluß kommen, daß die Schule mehr auf die Schüler angewiesen ist als diese auf sie. Ein bedenklicher Schluß. Nun gibt es aber kein offizielles Arbeitsobligatorium, hingegen ein Schulobligatorium. Es macht den Anschein, daß dies die Sache verändere. Der Sinn dieses Obligatoriums war aber nie ein Bildungszwang, sondern eine Garantie des Bildungsrechts, es ging also nicht vor allem darum, Kinder in die Schule zu zwingen, sondern ihnen das Schulrecht zu sichern, sie vor uneinsichtigen Eltern oder Behörden in Schutz zu nehmen.

Aber die Bezeichnung Schulobligatorium hat ganz falsche Vorstellungen geweckt, die Vorstellung zum Beispiel, daß der Mensch zum Lernen gezwungen werden müsse, daß sich seine Natur gegen das Lernen wehre, daß er also keinen natürlichen Lernwillen habe.

Jeder, der ein Kleinkind beim Laufenlernen und Sprechenlernen beobachtet, weiß, wie stark der natürliche Lernwille ist.

Das Schulobligatorium aber, das eine Garantie des Rechts auf Schulung sein sollte, wurde mehr und mehr als Schulzwang aufgefaßt, der Lehrer wurde entweder ein Diktator, der die Kinder zum »Guten« zwingt, oder ein Verführer, der seine Schüler wohl vordergründig begeistert, aber restlos an seine Person bindet und die kritiklose Nachahmung der Einsicht und Vernunft vorzieht.

Beide, der Diktator und der Verführer, sind jedenfalls autoritär, und ich bin überzeugt, daß es der Verführer in weit höherem Maße ist, denn bei einem Diktator haben die Schüler zum mindesten die Möglichkeit, sich von ihm abzusetzen, innere Widerstände zu bilden.

Bestimmt aber wird der Mensch in der Primarschule zum Schüler geformt und geprägt, und das Primarschulerlebnis wird immer für sein Schüler-Lehrer-Verhältnis entscheidend sein.

Angenommen, die Gymnasiallehrer hätten mit ihrer Meinung recht, daß ihre Schüler zu wenig Einsicht und zu wenig Lernbegierde hätten, dann würde diese Schuld auf die Primarschule zurückfallen, auf jene Schule nämlich, die aus Menschen Schüler prägt.

Es ist anzunehmen, daß die Primarschule noch lange und wohl für immer von Schülerrevolutionen verschont bleibt. Sie wird also ein Geschäft bleiben, in dem der Partner kein Gewicht haben kann. Damit hat die Volksschule die Möglichkeit, ihre Schüler zu Machtlosen zu erziehen, die von Rechten, die ihnen später zustehen müßten, keinen Gebrauch machen können.

Dabei gibt es seltsam vereinfachte Vorstellungen vom Begriff der »autoritären Schule«. Man stellt sich meist nichts anderes darunter vor als einen Lehrer, der prügelt. (Abgesehen davon, daß während meiner Lehrerzeit die Mehrheit der Väter mich zum Prügeln überreden wollte.) Aber autoritäres Verhalten zeigt sich meist ganz anders. Ich erinnere mich, wie einst einer meiner Kollegen mit hochrotem Kopf aus seinem Zimmer kam und mir ganz aufgeregt mitteilte: »Jetzt hat mir wieder einer über den Rand hinausgeschrieben.«

Das Wesentliche an dieser Aussage ist das »mir«. Offensichtlich hat dieser Lehrer nichts anderes gemacht als einen Befehl erteilt. Der Heftrand ist bei ihm ausschließlich ein disziplinarisches Mittel und ein Prüfstein seiner Autorität. Vielleicht weiß nicht einmal er selbst, daß der Heftrand eine praktische Funktion hat, nämlich die, daß man beim Umblättern mit den Fingern die Schrift nicht verdeckt. Die Schüler, die »ihm« nicht über den Rand hinausschreiben, werden das denn auch ausschließlich für ihn und seine Noten tun.

Aber auch daß die Disziplin nur etwas Praktisches und daher Notwendiges ist, weiß der Lehrer nicht. Er hält die Disziplin für ein Erziehungsmittel; dabei kann sie nur die Aufgabe haben, die Nachbarn in der Gesellschaft möglichst wenig zu behindern (rechts fahren, Lärm vermeiden, nicht reden, wenn der andere redet, den Mantel so aufhängen, daß andere Mäntel auch Platz haben).

Wer behauptet, daß Disziplin ein Erziehungsmittel sei, ist bereit, sie absurd zu machen, in der Art des Exerzierens im Militär. Ihr Erfolg ist keine Erkenntnis, sondern blinder Gehorsam, Unterwerfung unter die Dressur, die ebenfalls mit den zwei erwähnten Mitteln, mit Diktatur oder Verführung, mit Gewalt oder Schmeichelei, zu erreichen ist. Oder ein Beispiel von Autorität, die noch weniger erkennbar ist: Ein sonst guter Schüler bringt plötzlich die Rechnung 3 mal 70 nicht zustande. Ich gebe ihm erst Zeit, er kommt auf die unmöglichsten Resultate, und ich frage ihn nun: »Wieviel gibt denn 3 mal 7?« Nun ist er völlig konsterniert, er gibt zwar die Antwort 21, aber er findet sich überhaupt nicht mehr zurecht.

Es ging jahrelang, bis ich meinen Fehler, den ich jahrelang machte, bemerkte. Ich hatte meine Autorität dazu mißbraucht, ihn zu beleidigen. Die Rechnung 3 mal 7 war ihm völlig selbstverständlich, meine Frage war rhetorisch, ich hatte ihn etwas gefragt, was ich auch gleich selbst hätte sagen können, nämlich vielleicht so: »3 mal 7 gibt 21, also wieviel gibt dann 3 mal 70?«

Kürzlich machte ich in Deutschland eine Radioaufnahme mit Kindern, und ich versuchte, so wenig wie möglich den Lehrer zu spielen. Als ich das Band abhörte, erschrak ich sehr. Ich hatte mir als Lehrer eine fürchterliche Unart angewöhnt. Sozusagen jede Antwort eines Kindes wiederholte ich in irgendeiner Form, meistens sogar in derselben, die das Kind gebrauchte.

Ich bin also in der Schule so autoritär geworden, daß ein Satz erst dann gültig ist, wenn ich, der Lehrer, ihn ausgesprochen und damit bestätigt habe. Der Satz des Kindes ist damit nur ein unverbindlicher Vorschlag, ein Gespräch mit dem Kind ist verunmöglicht, seine Beteiligung am Lernvorgang eine Farce.

Ich habe einmal in einer Primarschulklasse einen Schülerstreik erlebt. Ich wollte mit den Schülern eine Pflanze durchnehmen und hatte mich darauf nicht vorbereitet. Das sah dann so aus, daß ich wortreich meine Unkenntnisse überbrückte, ab und zu zum Pult ging und im Naturkundebuch nachlas. In der Klasse saß ein aufgeweckter Schüler, der sich sehr für Naturkunde interessierte, der zum Beispiel ein beachtliches Herbarium zusammengetragen hatte. Daß er ein bißchen unter Jähzorn litt, sei zum besseren Verständnis erwähnt. Jedenfalls sprang er plötzlich hoch, schimpfte etwas und verließ das Zimmer. Mir war klar, weshalb.

Ich brach nun meinen erbärmlichen Vortrag ab und befragte meine Schüler, was sie über das Verhalten ihres Mitschülers dächten. Das Resultat der Befragung war beschämend. Ohne Ausnahme verurteilten sie den Schüler und stellten sich auf die Seite von mir und meinem langweiligen Unterricht. Ich wußte nun, was weder Schüler noch Eltern von mir glaubten, daß ich ein autoritärer Lehrer war oder, um es mit den Worten Albin Zollingers zu sagen: »... keineswegs etwa durch das Mittel des Prügelstocks; so augenfällig stellte sich das nicht dar.«

Nun, ich mußte den streikenden Schüler vor seinen autoritätsgläubigen Kameraden in Schutz nehmen. Er war im Recht, und als er zurückkam, mußte ich mich entschuldigen.

Meine Entschuldigung würde allerdings in Lehrerkreisen mehrheitlich verurteilt. Ich hatte eindeutig einen schwerwiegenden Autoritätsverlust erlitten. Er wirkte sich zugunsten der Schüler aus, ich mußte mich besser vorbereiten und Autorität durch Arbeit ersetzen.

Da dies im Fach Naturkunde geschah, hätte es die Eltern nicht im geringsten interessiert; denn sie wollen eine reine Leistungsschule, eine Schule für Emporkömmlinge. Ihnen ist sozusagen jedes Mittel recht, das den Schüler die Prüfung in die höhere Schule bestehen läßt. Ärzte wissen, wie viele Eltern sogar daran glauben, daß der Arzt die Kinder mit Tabletten vor der Prüfung dopen könnte. Viele wären sogar bereit, ernste Schäden in Kauf zu nehmen.

Diese nehmen sie auch in Kauf, wenn sie den Lehrer zum Prügeln auffordern (die landläufige Meinung, daß ein Vater reklamiert, wenn sein Sohn geschlagen wird, stimmt überhaupt nicht). Sie nehmen sie in Kauf, wenn sie vom Lehrer Dressur und Einpaukerei fordern.

Die Kinder sind dem allen machtlos ausgeliefert. Ihre gesetzlichen Vertreter (die Eltern) sind nicht bereit und aufgeklärt genug, ihre Rechte wahrzunehmen und zu vertreten. Der Lehrer besitzt eine absolute Macht und wird von keiner Seite aufgefordert, gegenüber ihr Bedenken zu haben.

Man denkt nicht daran, daß die Schülerforderungen auf der Mittelschule und auf der Universität Auswirkungen auf die Primarschule haben müßten.

Die Primarschule bleibt in der ganzen Entwicklung eine unberührte Insel.

Hier ist die Autorität und das Selbstverständnis ungebrochen, hier wird noch unbesorgt Schule gehalten, und die Schüler bemerken sehr spät, was mit ihnen geschehen ist, und verlangen in ihrer Not auf den höheren Stufen Reformen, die von unten aufgebaut werden sollten.

Das heißt, daß die Primarschule überhaupt nicht fähig ist, Schüler auf eine moderne Mittelschule und eine moderne Universität vorzubereiten, denn hier ist niemand bereit, den Unterricht in Frage zu stellen, und die Primarschule hat keinen Anlaß, sich zu ändern.

Die Situation ist fast hoffnungslos, nur die Lehrer selbst (und zwar vor allem gemeinsam und nicht einzeln) könnten auf dieser Stufe etwas ändern. Kann man es ihnen übelnehmen, wenn sie es nicht tun, weil von nirgends ein Druck sichtbar wird und die Schulgesetze und Lehrpläne im besten (?) Falle nur versuchen, die bestehenden Verhältnisse zu perfektionieren? Zudem wäre die Reform nicht vor allem im Lehrplan, sondern in der Unterrichtsmethode notwendig. Die Unterrichtsmethode ist aber heute leider nichts anderes als die relativ günstigste Art, den Lehrplan zu erfüllen. Sie dient also dem Lehrer und nicht dem Schüler.

Es wäre an der Zeit, daß sich die kritischen Studenten mit den Problemen der Volksschule abgäben. Sie könnten an diesen Problemen demonstrieren, daß es ihnen um die Veränderung der Bildungsstruktur geht und nicht einfach um Eigennutz.

Zudem gibt es eine beachtliche Minderheit von Lehrern, die an diesen Problemen interessiert sind, und gerade auf dem Gebiet der Unterrichtsmethodik geschieht heute viel. Was der Volksschule aber fehlt, ist der Druck von außen. Der aufgeschlossene kritische Volksschullehrer arbeitet ohne Partner, er vereinsamt, seine Arbeit wird kaum diskutiert, höchstens sein Erfolg als Einpauker, als Prüfungstrainer. Nachdem die Eltern damit restlos zufrieden sind, können nur noch die Schüler in die Diskussion eingreifen; die Primarschüler sind dazu nicht oder noch nicht fähig; es ist deshalb notwendig, daß sich die Schüler später an ihre Primarschule erinnern und sich ihrer annehmen. Hier wäre mit Diskussion noch viel zu erreichen, und die Veränderung der ganzen Bildungsstruktur hätte von hier aus eine Chance. Die Primarschule muß die Universität verändern, und wenn die Studenten an einer Veränderung der Universität interessiert sind, müssen sie sich jetzt um die Primarschule kümmern, an ihr mitarbeiten.

Hier gibt es keine verhärteten Fronten, hier hat die Opposition keine Fehler gemacht, weil es sie bis jetzt nicht gab; hier könnte man einigermaßen von vorn beginnen.

1969

»Und vielen Dank auch für das schöne Kinderbuch«

Mein Vater besaß wenige Bücher, mit diesen wenigen bin ich aufgewachsen. Sie stehen am Anfang meiner Beschäftigung mit Literatur, und die Frage, die mir heute oft gestellt wird, nämlich: »Was für ein Autor hat Sie am stärksten beeinflußt?« müßte ich wohl mit dem Namen Koch beantworten.

Dieser Herr Koch hat ein Handbuch für Maler, für Anstreicher geschrieben. Mein Vater war Maler. Es stand auf unserem Bücherbrett von knapp einem Meter Länge neben dem großen Lutherbuch, neben der Bibel, neben einem Buch über die Wüste Gobi, in dem die ersten Seiten fehlten, neben einem Buch von Gefangenen, von Ratten und von der Kälte in Sibirien.

»Kochs Großes Malerhandbuch« war hellblau und sehr dick. Ich habe es geliebt. Es enthielt – so schien mir – die ganze Welt, zum mindesten die Welt des Anstreichers, aber doch viel mehr. Denn da stand unter einer Illustration auch »Fassade eines Hauses in Berlin«, und Berlin war doch sehr weit weg. Und wenn auch auf dem Bild nur ein Haus und gar nichts von Berlin zu sehen war, so blieb es für mich doch eine Information aus Berlin, ein Existenzbeweis dieser Stadt, die Erfahrung, daß es auch sehr weit weg noch Dinge gibt.

»Kochs Großes Malerhandbuch« war ein ideales Kinderbuch. Niemand kam auf die Idee, mir das Buch erzählen zu wollen, und wenn ich darum bat, wurde mir erklärt, es sei zu langweilig. Mein Vater förderte meine Beschäftigung mit Herrn Koch nicht, weil er keinen Wert darauf legte, daß aus mir ein Maler würde. Ich war auf mich selbst angewiesen. Ich betrachtete die Bilder und erfand mir Geschichten dazu, zum Beispiel eine Geschichte über Berlin, in der die Farbe

Hellrosa eine große Rolle spielte, weil die entsprechende Abbildung eine hellrosa Hausfassade zeigte. Im übrigen wartete ich mit Spannung darauf, daß mir das Lesen beigebracht wurde; ich hatte zum vornherein einen persönlichen Grund, Lesen lernen zu wollen. Ich brannte darauf, meine Geschichten mit dem Text von Herrn Koch zu vergleichen.

Der Vergleich später, als ich schon zur Schule ging – ich gebe es ungern zu – war eher enttäuschend, und es blieb bei meinen alten Geschichten. Weil ich mich nun aber einmal für Vaters Buch entschieden hatte und weil sehr wenig andere aufzutreiben waren, ließ ich mich von der Langweiligkeit nicht abhalten und las es trotzdem.

Dadurch bin ich zum Leser geworden, zu einem also, dem bereits das Aneinanderreihen von Buchstaben einen gewissen Spaß macht. Und ich habe eigenartigerweise über die Technik des Anstreichens wenig bis nichts gelernt. Was mir auffiel, war Sprache, schön geschnörkelte, fürchterlich komplizierte und mir sehr gescheit und nobel erscheinende Sprache. Ich habe vielleicht gelernt, am Lesen an und für sich mindestens ebensoviel Spaß zu bekommen wie am übermittelten Inhalt. Ich war gezwungen, meinen Lesehunger an einem Buch zu stillen, dessen Bilder mich zwar faszinierten, dessen Inhalt aber nicht für mich geschrieben war und mich im wesentlichen auch kühl ließ.

Vielleicht war es genau das, was mir später die Möglichkeit gab, sogenannt langweilige Bücher wie etwa »Witiko« von Stifter lesenswert zu finden – wobei ich unter »lesenswert« verstehe, daß es sich lohnt, die Buchstaben zusammenzufügen, aus denen Wörter entstehen, und aus den Wörtern entstehen Bilder, die in mir Bilder entstehen lassen.

Was ich der Wahrheit zuliebe noch anfügen muß, ist, daß es bei uns zu Hause noch ein zweites Bücherbrett gab. Darauf stand eine riesenlange Ausgabe von Meyers Konversationslexikon mit den schönen Titeln »A bis Aslang«, »Asmanit bis Biostatik«, »Biot bis Chemikalien«, »Chemille bis

Dingelstedt«, »Dinger bis Ethicus«, »Ethik bis Gaimersheim«. Ich habe sie einmal auswendig gelernt und erinnere mich auch noch an den 14. Band mit der Aufschrift »Politik bis russisches Reich«. Aber als besonders wichtig erschien mir der fünfte Band, weil da »Dinger« daraufstand, und um das ging es mir auch, um verschiedene Dinger: das Lexikon erschien mir als Gerümpelkammer, als ein Dachboden für Entdeckungsreisen. Meine spärliche sexuelle Aufklärung habe ich aus diesem Buch mit der schönen Farbtafel »Der Mensch«, die durch ein Transparentpapier geschützt war. Ich erinnere mich noch ganz genau an den Ton, der entstand, wenn man das festgeklebte Transparentpapier von der klebrigen Farbtafel abzog.

Erschienen war dieses Lexikon vor der Jahrhundertwende. Die Zeit, die es wiedergab, war vorbei und vielleicht auch deshalb faszinierend; die Häuser im jüngeren Buch von Herrn Koch gab es auch nicht mehr, weil Krieg war. Auf diese Weise habe ich etwas von der Vergänglichkeit der Welt mitbekommen.

Ich muß als Kind auch Kinderbücher besessen haben. Man hat ja als Kind keine Möglichkeit, dem Geschmack alter gebefreudiger Tanten auszuweichen. Ich erinnere mich nur noch ganz schwach an jene Bücher. Meine Tanten haben mir offensichtlich all jene Dinge geschenkt, die ihnen so halbwegs gefielen: entweder weil ihnen Bücher überhaupt nichts sagten oder weil sie überzeugt waren, daß ich für alles, was ihnen gefiel, zu jung war. Oft legten sie es scheinbar sogar darauf an, mich zu beleidigen. Sie schenkten mir Bücher, die nach ihrer Meinung der Welt des Kindes entsprachen. In dieser Welt lebte ich aber so wenig wie alle anderen Kinder. Die Welt des Kindes ist eine anmaßende Vorstellung der Erwachsenen; sie meinen damit die Welt des Niedlichen, des Harmlosen, des Ungefährlichen. Was mich interessierte, war nicht die Welt des Kindes, sondern ganz einfach die Welt.

Ich hatte damals nur eins im Sinn: ein Erwachsener zu werden, ein Lokomotivführer, ein Militärtrompeter, ein Löwenbändiger. Ich wollte etwas über Erwachsene erfahren, über die richtige Welt, und die Altersgrenzen, die in die Bücher hineingedruckt waren, beleidigten mich, wenn das Mindestalter nicht hoch genug über meinem Alter lag. Die Sache war so, daß ich bereits ein Leser geworden war, versnobt, arrogant, eigensinnig und anspruchsvoll, und die Tanten, die mir Bücher schenkten, waren eben keine Leser, interessierten sich nicht für Bücher und dachten nur zu Weihnachten an derart ausgefallene Gegenstände.

Kinder befinden sich als Leser in einer geradezu absurden Situation: sie bekommen ihre Bücher in der Regel von Analphabeten geschenkt, von Leuten, die selbst keine Bücher mögen. Kinderbuchautoren und Kinderbuchverleger leben in der unmöglichen Situation, daß ihre Endverbraucher nicht ihre Konsumenten sind. Das führt zu dem Elend, daß die Bücher nicht den Lesern, sondern den Käufern zu gefallen haben, obwohl diese Käufer keine Leser sind. Die Textilindustrie jedenfalls hat es in diesem Stück schon längst besser. Kinder sind für sie bereits direkte Konsumenten und müssen nur noch für die Finanzierung ihrer Käufe besorgt sein.

Vor mir liegt eine Beige Kinderbücher, die in diesem Jahr erschienen sind, und es fällt mir auf, daß ein großer Teil von ihnen immer noch Tantenbücher sind, Bücher nämlich, die den Kindern vormachen wollen, daß sie in einer Welt leben, die völlig spannungslos in sich geschlossen ist. Diese spannungslose, sichere und heile Welt ist derart einheitlich getönt, daß sie keine Einzelheiten enthält. Hier fügt sich ein Ding schön ins andere, die Maler und Illustratoren lavieren, wo sie aufzeigen sollten.

Kinder haben aber Spaß an Einzelheiten, an Gerümpelkammern und Dachböden. Was mir eine Aufgabe der Literatur zu sein scheint, das dauernde Aufnehmen eines Inventars der Umwelt, das scheint mir auch die Aufgabe von Kinderbüchern zu sein. Die Bilder dieses Kinderbuches sollen Wörter auslösen, Wörter provozieren. Sie sollen nicht mehr sein (nicht weniger) als der Raster, auf dem die Kinder ihre Geschichten selbst herstellen können. Eine hellrosa Hausfassade hat damals bei mir Geschichten ausgelöst, und das Wort »Berlin« bekam Magie.

Ein Kinderbuch, das nur so viel enthält, wie auf dem Papier steht, das eine Geschichte erzählt und die Bilder dazu liefert, das also nicht fähig ist, viele andere Geschichten und vielleicht bessere auszulösen: ein solches Buch ist wertlos. Die Kinder werden nur so anständig sein, es der Tante zuliebe schön zu finden. Nach Weihnachten werden sie wohl auch den obligaten Brief schreiben: »... und vielen Dank auch für das schöne Kinderbuch.«

Im weiteren gibt es zwei Möglichkeiten: entweder man hat den Kindern den Spaß an Büchern für ewige Zeiten verdorben, oder sie ziehen sich zurück zum Lexikon. Die zweite Reaktion ist erfreulich, die erste zu schlecht, als daß man sie riskieren dürfte. Denn der Spaß an Büchern ist selten, und es gibt auf der Welt mehr Tanten als Leser.

Kinderbücher haben mit Lesen zu tun. Es sind – wenn sie gut sind – nicht Bücher, die man betrachtet, sondern Bücher, die man liest, die man in seine eigene Sprache übersetzt, die man mit eigenen Erfahrungen vergleicht. Es gibt in Europa sehr viele Alphabeten, also Leute, die buchstabieren können. Leser sind seltener. Vielleicht sollte man den Kindern das Lesen vor dem Buchstabieren beibringen, damit sie für später lernen, daß wirkliches Lesen eine ganz andere Aufgabe ist als das Buchstabieren, nämlich eine schöpferische.

Wirklich gute Kinderbücher könnten das Mittel sein, den Kindern das Lesen vor dem Buchstabieren beizubringen. Das würde heißen, daß sie vorerst das Wesen und den Wert des Lesens und erst dann die Technik lernen würden. Mit anderen Worten und als Binsenwahrheit: Kinderbücher sollen die Phantasie anregen, können keinen Eigenwert besitzen, sondern bekommen ihren Wert erst durch die aktive geistige Arbeit des Kindes.

Es kann sich also nicht darum handeln, daß sich Erwachsene bei Kindern einzuschmeicheln versuchen und ihnen eine Scheinkinderwelt vorgaukeln. Die plumpe Niedlichkeit, die den Kindern von naiven Erwachsenen angeboten wird, zeigt sich bei einem großen Teil von Kinderbüchern schon in der Wahl der Personen. Da wimmelt es von Mäuschen und Bärchen, von Äffchen und von Fischlein, und die Bärchen schlafen brav in ihren Bettchen und haben wunderbare kleine Seelchen und spielen dem Mütterchen ganz kleine Streiche und sind dann wieder ganz brav.

Der Durchschnittskäufer – also meine Tante – wird von der Bärchengeschichte sagen: »Doch, das kann er sicher verstehen!« Und wenn daneben ein Buch liegt, in dem richtige Erwachsene mitspielen, Lokomotivführer und Mechaniker und Astronauten vielleicht, dann sagt meine Tante: »Das ist ihm zu schwer!« Dabei fällt ihr nicht auf, daß ihrem Neffen Astronauten bestimmt greifbarer sind als Bärchen, die Schürzchen tragen.

Nun, meine Wut auf die Tante kommt nachträglich, aber sie steigert sich bei dem fürchterlichen Gedanken, daß sie mir noch heute Bücher kaufen könnte. Ich frage mich, ob sie mir den »Ulysses« von Joyce oder die »Wahlverwandtschaften« von Goethe oder ein Buch von Barbara Frischmuth, ein Buch von Jürg Federspiel zutrauen würde. Bestimmt würde sie auch das alles immer noch zu schwer für mich finden.

Vielleicht sehen wir die Kinder doch zu global und als Rasse. Wenn man sich vorstellt, daß die besten Bücher für Erwachsene meist für weniger als ein Prozent der Bevölkerung geschrieben werden, daß nur ein sehr kleiner Teil der Leute potentielle Leser sind, dann kann die Globalvorstellung, die wir uns gern von Kindern machen, einfach nicht stimmen. Dann kann es auch kein Buch für Kinder – nämlich für alle Kinder – geben.

Wenn mich Freunde und Bekannte mit ihren Kindern besuchen, nehme ich oft eine Beige Bilderbücher und drücke sie ihnen in die Hand, damit sie beschäftigt sind, damit sie sich nicht langweilen. Immer wieder habe ich beobachtet, wie die Kinder die Bücher sozusagen als Pflichtübung durchblättern und hinter sich bringen, so in der Art: »Wir haben brav zu sein, wir haben Kinder zu sein, und deshalb müssen wir brav Kinderbücher lesen.« Zum Schluß sagen sie denn auch, die Bücher seien alle schön gewesen, und der Vater streichelt sein Töchterchen und lobt es für seine Ruhe.

Bücher für Kinder also sind ein Garant der Ruhe. Bücher für Erwachsene hingegen sind ein Herd der Unruhe, sollen Fragen aufwerfen, sollen das Leben nicht vereinfachen, sondern dazu verhelfen, es denkend zu bestehen. Das heißt: es gibt im großen ganzen zwei Literaturen nebeneinander, die ihre Ziele in entgegengesetzter Richtung haben. Wie sollte es dabei der Kinderliteratur gelingen, Leser zu erziehen?

Ich glaube, daß ich mit »Kochs Großem Malerhandbuch« und mit »Meyers Konversationslexikon« Glück gehabt habe. Im Lexikon haben Sonne und Mond keine Augen und Nasen, machen die Blumen nicht Bim-Bam und tragen die Tiere keine Schürzchen. Im Lexikon werden die Leser ernst genommen, und das ist etwas, das man auch von Kinderbüchern verlangen muß: daß die Leser, die Kinder ernst genommen werden. Kinderbücher sollten für Kinder und nicht für den schlechten Geschmack von kaufenden Tanten hergestellt werden.

Das ist einfach zu sagen und schwer zu machen, denn gute Literatur, so oder so, hat ihre Gefährlichkeit. Nicht ohne Grund gibt es Diktaturstaaten, in denen Bücher verboten werden; nicht ohne Grund gibt es Eltern, die es ungern sehen, wenn ihre Söhne und Töchter »so eigenartiges Zeug« lesen.

Von einer staatlichen Kinderbuchzensur bei uns habe ich freilich noch nie gehört. Sie scheint nicht nötig zu sein, weil die Kinder nicht selbst kaufen, und deshalb laufen sie dauernd Gefahr, Ungefährliches, Harmloses und Unbedeutendes in die Hände zu bekommen, farbiges Papier, das man ihnen gibt, damit sie möglichst lang kleine brave Kinder bleiben – auf die Gefahr hin, daß sie später um so mehr erschrecken.

Um nicht falsch verstanden zu werden: ich schreibe nicht gegen Kinderbücher. Ich schimpfe nur über die schlechten, weil es so viele gute gibt.

Vor mir liegen Kinderbücher von Maurice Sendak, von Tomi Ungerer, von Tankred Dorst, Erich Fuchs, Elisabeth Borchers, Walter Schmögner, Angela Hopf, Jan Balet, Otto Jägersberg, Leo Lionni, Jozef Wilkon, Reiner Zimnik, Eugène Ionesco, und sie gefallen mir, und ich hoffe, daß sie Leser finden werden und gescheite Käufer.

Wer allerdings ruhige Kinder will, der kaufe diese Bücher nicht. Denn sie werden Fragen auslösen, und die Fragen werden die Kinder nicht in Ruhe lassen, und die Kinder die Eltern mit ihren Fragen nicht. Und vielleicht wird ein einzelnes dieser Bücher für einen einzelnen so wichtig, daß er es nie vergißt, daß er sich nicht nur an die Bilder des Buches erinnert, sondern durch dieses Buch an eine ganze Zeit, an die Zeit nämlich, in der er zum ersten Mal versuchte, sich ein Weltbild zu schaffen. Vielleicht wird jemandem eines dieser Bücher so wichtig wie mir das schöne, große, dicke und hellblaue Buch meines Vaters.

1969

Rassismus und Faulheit

Die Schüler von Barbiana sind Kinder, die in der offiziellen Schule gescheitert sind. Der Pfarrer Don Milani hat sie in einem kleinen italienischen Bergdorf versammelt und ihnen beigebracht, selbst Schule zu halten. Barbiana ist eine Schule ohne Lehrer, jeder Schüler ist auch Lehrer. In ihrem Buch, das auf deutsch im Wagenbach Verlag erschienen ist, schreiben die Schüler einen Brief an ihre ehemalige Lehrerin, bei der sie scheiterten, und erklären ihr, weshalb.

Dieses Buch ist mehr als ein Diskussionbeitrag zu Schulfragen, und theoretische Bemerkungen sind vor ihm lächerlich; denn die Schüler von Barbiana plädieren für die Praxis. Theoretische Pädagogik hat sie daran gehindert, die Mittelschule besuchen zu können.

Ihr Verhältnis zu modernen Unterrichtsmethoden ist das Verhältnis von Hungernden gegenüber gepflegten Tischsitten. Während die einen verhungern, verfeinern die andern Methoden und Sitten. Vorwürfe gegenüber der Schule haben im besten Falle zur Folge, daß die Unterrichtsmethode modernisiert wird. Wenn Kritische von einer modernen Schule sprechen, dann wird das die Schule nie als grundsätzliche Kritik begreifen, sondern höchstens als Kritik an der Art, der Technik ihres Unterrichts. Die Institution als solche kann ihr nicht zum Problem werden. So hört denn auch in der Regel der Lehrer während seiner Ausbildung wohl viel von neuen Unterrichtsmethoden, aber wenig bis nichts von grundsätzlich neuen Schulen.

Die Schüler von Barbiana leben in Italien. Das könnte die deutsche Übersetzung des Buches verharmlosen. Von italienischen Analphabeten hat man schon gehört. Die Schüler von Barbiana sind aber nicht Schüler, die keine Möglichkeit haben, zur Schule zu gehen, sondern es sind Durchgefallene, und solche gibt es überall – nämlich Schüler, die »den Anforderungen der Schule nicht gewachsen sind«. Die Schüler von Barbiana treten überzeugend den Beweis an, daß es sich umgekehrt verhält, daß nämlich die Schule den Anforderungen der Schüler nicht gewachsen ist.

Die Lehrer empfinden Forderungen der Schüler als anmaßend. Sie glauben, daß sie, die Lehrer, im Geschäft der Schule die Fordernden (die Gläubiger) sind. Denn die Schule – so argumentieren sie – ist Pflicht. Pflicht heißt Zwang, und die Lehrer empfinden sich als die Ausübenden dieses Zwangs. Die Unterrichtsmethodik geht deshalb von der lächerlich falschen Voraussetzung aus, daß das Kind nicht lernwillig sei. Deshalb entscheidet sich der Lehrer entweder für die Verführung oder für den Zwang, also den Prügelstock. Beides sind deutlich autoritäre Maßnahmen, entweder bindet der Lehrer seine Schüler restlos an seine verführerische Person und erzieht sie zu unkritischen Gläubigen, oder er dressiert sie mit dem Mittel der Angst.

Der Prügelstock hat immerhin den Vorteil, daß dem Kind Möglichkeiten inneren Widerstandes bleiben, daß es sich von der Person des Lehrers absetzen kann. Nun, der Prügelstock ist historisch geworden – niemand trauert ihm nach –, und es ist der Schule damit gelungen, das Symbol der lehrerlichen Autorität abzuschaffen, die Formen der Autorität zu verfeinern, derart zu verfeinern, daß sie selbst dem Lehrer nicht mehr auffallen.

»Die Lehrerinnen sind wie die Priester und die Huren. Sie verlieben sich schnell in die Geschöpfe«, schreiben hier die Schüler. Ein Satz, der jedem Lehrer zu denken geben muß, denn andrerseits mißt auch der Lehrer seinen Erfolg ausschließlich an der Größe der Liebe und Anhänglichkeit seiner Schüler zu ihm. Ich selbst habe es in meiner Schule nicht anders getan. Die Schüler waren auf meiner Seite, auch auf der Seite meiner Unzulänglichkeiten.

Das kam so weit, daß ein Schüler, der mich kritisierte oder angriff, höchstens mit *meiner* Einsicht und Unterstützung rechnen konnte, mit der seiner Mitschüler nie. Die selbstverständliche Folge war, daß Kritik eines Schülers selten vorkam und als entsprechend ungebührlich empfunden wurde. Ich war Staatsanwalt, Verteidiger und Richter in einer Person, und da mir diese Ämterhäufung nicht auffallen konnte, hatte ich auch keinen Grund, diesen Ämtern gegenüber kritisch zu sein. Die Schulpflicht hatte zur Folge, daß jede menschliche Geste von mir sozusagen eine freiwillige Leistung war.

Man hat vergessen, daß die Einführung der Schulpflicht nicht als Bildungszwang gedacht war, sondern als eine Garantie für das Bildungsrecht. Man wollte mit der Schulpflicht die Kinder vor uneinsichtigen Eltern und Behörden in Schutz nehmen. Die Schule muß sich bewußt werden, daß sie ein Recht (das Recht auf Bildung) zu vertreten hat und nicht einen Zwang. Der Durchgefallene verliert sein Recht durch mangelnde Leistung. Die Leistung des Lehrers wird kaum eine Rolle spielen, weil die Mehrheit der Schüler in der Klasse verbleibt. Die Verbleibenden sind sein Alibi.

Ihnen zuliebe, sagt der Lehrer, habe er die andern durchfallen lassen, sie wären sonst durch den schwachen Schüler allzusehr belastet worden. Ihnen zuliebe, sagt er auch zu den Durchgefallenen, habe er sie durchfallen lassen, denn von einer Wiederholung würden sie nur profitieren.

Der Maßstab jedenfalls ist die Schule, nicht der Schüler. Deshalb kann der Schüler an der Schule scheitern, die Schule am Schüler nicht.

Das Buch der Schüler von Barbiana hat mich an einen Schüler erinnert, den ich vor Jahren in meiner Klasse hatte. Er wohnt immer noch hier in der Gegend, und ich schäme mich, wenn ich ihn sehe. Er war, so glaubte ich, einer meiner schlechteren Schüler. Seine schriftlichen Arbeiten schienen das zu beweisen. Ich war überzeugt, daß er die Prüfung für die höhere Schule nicht bestehen werde. Seine Eltern schätzten ihn als intelligent ein und sprachen mit mir darüber. Ich konnte ihnen meine Einschätzung mit schriftlichen Arbeiten belegen. Er machte die Prüfung und fiel mit einem sehr schlechten Resultat durch. Dann kam er zu einem andern Lehrer. Dieser erklärte mir sehr bald, daß Gerhard sein bester Schüler sei. Ich konnte es nicht begreifen. Ein Jahr später bestand er die Prüfung glänzend. Heute ist er Ingenieur. Wenn er mich sieht, grinst er.

Gerhard ist damals eindeutig ein Opfer meiner Einschätzung geworden. Es ist für einen Schüler schwer, ein Urteil des Lehrers zu widerlegen und zu überstehen. Ich habe in meiner Klasse nie soziale Unterschiede gemacht, trotzdem ist Gerhard ein Opfer meines sozialen Vorurteils geworden. Sein Vater war ein einfacher ungebildeter Arbeiter. Er hat mich zwar darauf aufmerksam gemacht, daß er seinen Sohn besser einschätzte, aber wer tut das erstens nicht, und zweitens konnte sich Gerhards Vater nicht überzeugend genug ausdrücken, drittens war er kein einflußreicher Mann, und ich war ihm bildungsmäßig überlegen.

Ich weiß genau, was ich gemacht hätte, wenn Gerhard der Sohn eines Gebildeten gewesen wäre. Ich hätte ihn durch den Schulpsychologen testen lassen, nicht etwa, um etwas über ihn zu erfahren (ich fühlte mich in meinem Urteil sicher), sondern um meine Überzeugung gegenüber den Eltern belegen zu können. Bestimmt hätte mich das Resultat des Tests überrascht, hätte zu einer neuen Einschätzung geführt und dem Schüler neue Möglichkeiten gegeben.

Fehleinschätzungen sind unter den besten Bedingungen möglich und nicht vermeidbar. Deswegen hätte ich mich eigentlich nicht zu schämen. Ich schäme mich nur, weil ein soziales Vorurteil meine Einschätzung nicht besser kontrollieren ließ. Dabei war ich schon damals davon überzeugt, daß Intelligenz nichts mit dem sozialen Status zu tun hat, und ich kannte genügend Beispiele dafür. Andererseits war es leicht, den Vater von Gerhard von meinem Urteil zu überzeugen, er hatte sich als Arbeiter daran gewöhnt, bescheiden, demütig und genügsam zu sein – wie das auch in diesem Buch dargestellt wird.

Ich schreibe dies, weil die Schüler von Barbiana in ihrem Brief von einer Schule der Reichen sprechen, und weil wir hier bei uns doch schnell bereit sein könnten, auch diese Äußerungen als spezifisch italienisch zu empfinden: »Sie bleibt eine Schule nach dem Maß der Reichen. Jener nämlich, die die Bildung zu Hause haben und nur in die Schule gehen, um Zeugnisse zu ernten.«

Ein kleines Detail des Briefes zeigt, wie konsequent sich die Schüler gegen das Bildungsbürgertum stellen: In den Anmerkungen sind die Verfasser von fast naiver Gründlichkeit. Vielleicht lächeln wir, wenn wir hier lesen: »Homer: antiker griechischer Dichter, Verfasser der ›Ilias‹ und der ›Odyssee‹.« Warum lächeln wir? Weil wir stolz sind auf die Selbstverständlichkeit dieses Wissens. Allgemeinbildung vermittelt uns Privilegierten eigentlich nichts anderes als die Code-Wörter, mit denen wir uns gegenseitig erkennen. Wir haben zwar auch einmal in der Schule gelangweilt im Homer lesen müssen. Wir wissen zwar auch ein bißchen, was darin geschieht. Aber viel näher ist uns dieser Homer kaum gegangen, und nun lächeln wir trotzdem, wenn die Autoren des Briefes die Selbstverständlichkeit Homers bezweifeln.

Der Privilegierte lernt in der Schule eben nicht nur Dinge, die ihm direkt in seinem Leben dienen, sondern er lernt auch den Code, der ihm erlaubt, sich in der Elite zu bewegen. Die Gebildeten sprechen eine andere Sprache, um die Verständlichkeit auf ihren Kreis zu beschränken, dadurch werden sie zur Elite und haben nicht nur einen Beruf, sondern auch einen Stand.

Der Satz »Die Theorie vom Genie ist eine bourgeoise Erfindung. Sie stammt aus einer Mischung von Rassismus und Faulheit« ist durch das Erlebnis der Schüler von Barbiana belegt. Sie haben erfahren, daß sich eine Elite immer auf ein Naturrecht oder auf ein göttliches Recht zu beziehen sucht. Die Bildungselite bezieht sich auf das Recht des Talents; weil der Gebildete an das Talent (Geschenk Gottes, Geschenk der Natur) glaubt, muß er keine Bedenken gegenüber seiner »Ausgewähltheit« haben. Das Genie ist der Extremfall, der seine Elitetheorie untermauern soll. Die eigene Sprache, der Code (z. B. das Wort Homer), umgrenzt die Elite und schützt sie.

Gianni ist der Junge, der an dieser Sprachgrenze scheitert: »Nun mag es gut sein, daß Gianni auch lernt, Radio zu sagen. Eure Sprache könnte ihm nützlich sein. Aber inzwischen könnt Ihr ihn nicht aus der Schule vertreiben. ›Alle Bürger sind gleich, ohne Unterschied der Sprache.‹ So hat es die Verfassung bestimmt, und dabei an ihn gedacht.«

Die Schüler von Barbiana haben die Schule als Prüfstelle erlebt. Man macht hier eine Aufnahmeprüfung, Zwischenprüfungen und eine Abschlußprüfung. Wenn man hier lernt, dann für diese Prüfungen. Das Diplom einer Schule ist der Mitgliedsausweis für einen bestimmten Kreis, eine bestimmte Klasse. Auch die Eltern meiner Schüler haben die Schule immer nur so verstanden, und ihr Interesse an der Schule ist nur darin begründet, daß sie einen gesellschaftlichen Aufstieg ermöglicht. Sie verstehen die Demokratie so, daß sie für jeden die Möglichkeit geschaffen hat, sich in der Schule die Papiere des Adels zu erwerben. Die Demokratie hat die Schule des Feudalismus übernommen und damit die Klassengesellschaft nicht abgeschafft, sondern im Gegenteil gestärkt, weil es ihr gelang, die Grenzen zwischen den Klassen elastisch zu machen. Die Abschlußprüfungen sind zugleich die Aufnahmeprüfungen in die Gesellschaftsklassen, ein Diplom kann ein Adelsbrief sein.

Nach und nach kommen die Pädagogen zur Einsicht, daß die Aufnahmeprüfungen abgeschafft werden müßten.

Folgerichtig müßte man dann auch die Abschlußprüfungen abschaffen. Erst dann würde die Prüfschule zur Lernschule.

Vor Jahren noch konnte ein Diplom garantieren, daß man ein Leben lang in einem Beruf tätig sein konnte, ohne Wesentliches dazuzulernen. Man hatte einen Beruf auf Grund eines Diploms, das Jahrzehnte zurückliegen konnte. Unsere Schulen stammen aus einer Zeit, die Bildung und Wissen als gesichert betrachtete, die eigentlich davon überzeugt war, daß man etwas ein für allemal lerne. Eine Abschlußprüfung war damals sozusagen ein Lernabschluß für immer.

So geht man also auch in eine Berufsschule (Lehrerbildungsanstalt, Handelsschule, Universität) nicht vor allem, um das Wissen und die Methoden des Berufes zu erlernen, sondern um ein Diplom zu erreichen, das einem die Ausübung des Berufes ermöglicht.

Auch hier behaupten die Lehrer, daß die Zwischen- und Abschlußprüfungen als Lernanstoß notwendig seien. Selbst in der Berufsschule also nimmt man an, daß der Schüler nicht lernwillig sei. Selbst hier, wo er ein Berufsziel anstrebt und frei gewählt hat. So gesehen müßte man zum Schluß kommen, daß in einem Lehrerseminar Leute sitzen, die alles unternehmen, keine Lehrer zu werden, und deshalb dem Zwang von Prüfungen unterworfen werden müssen. Davon profitieren am Ende die Ungeeigneten, die dann trotz ihrer Nichteignung zum Beruf, trotz ihrem Nichtlernenwollen, zu einem Abschlußzeugnis kommen, und mit diesem Zeugnis zu einer garantierten Lebensstelle in einem Beruf, den sie nicht mögen; denn nur der Ungeeignete braucht gezwungen zu werden. Die Vorstellung zum Beispiel, daß das Heer der Germanisten sich durch etwas anderes unterscheiden müßte als durch einen Ausweis über bestandenes Studium, hat immerhin etwas für sich. Sicher würde dann ein Germanistikstudium allein kaum mehr als Voraussetzung für eine Deutschlehrerstelle genügen. Der Lerneifer müßte also – und erst noch auf die Praxis bezogen – zunehmen.

Was mich als Lehrer an diesem Bericht überrascht, ist, daß ich zum ersten Mal eine Stimme der Schüler höre. Ich hätte, bevor ich diesen Brief kannte, behauptet, ich wäre stets mit meinen Schülern im Gespräch gewesen. Es stimmt nicht – meine Schüler waren mit mir einverstanden. Was für mich neu ist, und was die Grundlage der Methodik und Pädagogik erschüttern sollte, ist die Forderung der Schüler nach einer Lernschule: die Forderung nach einem Rückschritt sozusagen, und Forderungen nach Rückschritten können unter Umständen in einem Fach, das sich als fortschrittlich empfindet, revolutionär sein – denn eigentlich konservative Pädagogen gibt es nicht, sie stellen sich alle als progressiv dar, als revolutionär sozusagen, und das »Progressiv-Doktrinäre« fällt wohl in keinem Fachgebiet so sehr auf wie gerade in der Methodik.

Die Schüler und Lehrer von Barbiana sind Praktiker. Sie haben keine Idee in die Tat umzusetzen; das Recht auf Bildung ist ihnen selbstverständlich, eine weitere Rechtfertigung brauchen sie nicht. Neben dem Brief der Schüler können doktrinäre Forderungen nach antiautoritärer Erziehung, kann vielleicht sogar ein A. S. Neill mit seinem großen und wichtigen Summerhill-Modell verblassen. Denn in-sich-progressive Ideen auf dem Gebiete der Pädagogik müßten zuletzt doch daran scheitern, daß sie sich nur so lange entwickeln können, als sie eine Möglichkeit haben, sich vom Üblichen zu unterscheiden; der Unterschied bleibt ihr Maßstab. (Einmal abgesehen davon, daß diese Modelle ihre enorme Nützlichkeit und Wirkung darin haben, daß sie das Übliche in Frage stellen und erschüttern.)

Von solchen Modellen unterscheidet sich die Schule von Barbiana dadurch, daß sie zu machen ist, daß die politischen Veränderungen, die sie als Voraussetzung haben müßte, gering wären und daß sie ganz eindeutig politische Veränderungen zur Folge hätte.

Es gibt bekanntlich in Schulfragen den Hexenkreis, daß die Schule nur verändert werden kann, wenn sich die Gesellschaft verändert, und daß die Gesellschaft nur verändert werden kann, wenn eine neue Schule die Bürger aufklärt.

Diesen Hexenkreis haben die Schüler von Barbiana durchbrochen, mit der einfachen und revolutionären Forderung: Wir wollen lernen.

Die Forderung scheint selbstverständlich.

Sie ist aber gegenüber den heutigen Verhältnissen ebenso absurd wie wenn jemand zu einem Meisterkoch der französischen Küche sagen würde: Wir hungern.

Die Forderung nach diesem Rückschritt (und es ist nur ein scheinbarer, denn die geforderte Lernschule gab es noch nie, die Schule hatte immer »höhere« Ziele) ist revolutionär, weil sie eine falsch gelaufene Evolution stoppen und rückgängig machen will.

Die Schüler begründen ihre Revolution mit der Bibel, das mag einerseits der Einfluß ihres hervorragenden Pfarrers sein, andrerseits ist die Bibel das einzige revolutionäre Buch, das sie gelesen haben. Ihr verdanken sie die Einsicht in soziale Ungerechtigkeiten, vor allem aber die Einsicht in eine verlogene Gesellschaft. Daß die Bibel auch das Buch der andern Seite ist (nämlich dort, wo sie vom Dulden und vom Hoffen und vom Leiden spricht), stört die Schüler nicht. Sie haben die Bibel selbst gelesen, und weil sie das ganze Code-Bildungstum ablehnen, ist sie für sie durch nichts belastet.

Die Schüler belegen ihre Forderungen selbst dort, wo sie absurd Erscheinendes fordern, z. B. den Zölibat für die Lehrer. Mag dieser Schluß auch falsch sein, die Argumentation dafür stimmt, nämlich die, daß Schule halten eine totale Aufgabe ist. Und die Forderung zeigt zum mindesten in ihrem Fehlschluß, daß die Schüler ihre Sätze selbst erarbeitet haben, daß sie sie von keiner politischen Front oder Strömung übernommen haben, es sei denn aus der politischen Front der Bibel, des Christentums, das in Notsituationen seine Sprengkraft zurückerhält, nämlich dort, wo es vom Bildungsbürgertum nicht mehr besänftigt werden kann.

Und diese Selbständigkeit der Argumentation gibt andern Sätzen erst ihre Größe, dem Satz zum Beispiel: »Die Theorie vom Genie ist eine bourgeoise Erfindung«, oder dem Satz: »Achtundzwanzig Unpolitische und drei Faschisten macht 31 Faschisten.« Das sind nicht angelesene Sätze, sondern eigene Beobachtungen, das sind keine Theorien, für die man Beispiele in der Praxis suchte, sondern ganz einfache Feststellungen.

Das Buch »Die Schülerschule« ist eine Minimalforderung, die revolutionär ist. Daß es notwendig geworden ist, diese Schule zu fordern, ist beschämend für all das, was wir bis jetzt für Bildung hielten. Die Forderung deckt auf, daß Bildung, wie wir sie bis jetzt verstanden, die Grundlage der Klassengesellschaft geworden ist. Man bildet sich, um sich zu unterscheiden, und man profitiert nicht vor allem vom Gelernten, sondern vor allem vom Unterschied.

Das war und ist die Schule des Feudalismus. Dadurch, daß die Demokratie diese Schule übernommen hat und (scheinbar) für alle geöffnet, scheinbar allen die Möglichkeit des Aufstiegs in höhere Bildungsklassen gegeben hat, dadurch hat sie den Feudalismus in die Scheindemokratie hinübergerettet.

Schule, Staat und Gesellschaft bestimmen sich gegenseitig. Die feudalistische Schule bildet Feudalisten aus – dagegen kommt auch die demokratische Verfassung nicht an.

Die feudalistische Schule ist das trojanische Pferd in der Demokratie.

1970

Französisch ist mir ein Greuel, und ich reagiere auf die mir kaum verständlichen Töne dieser Sprache recht eigentlich traumatisch. Ich finde das selbst mehr als lächerlich. Ich finde es ungerecht und gefährlich, mitunter an der Grenze des Rassismus, nämlich dann, wenn ich meine Abneigung gegen diese Sprache auf den Sprechenden übertrage. Sie können von mir also in dieser Sache keine Objektivität erwarten. Ich werde mich auch nicht um Objektivität bemühen, da ich weiß, daß mir dazu nur Subjektives einfallen wird.

Ich bin ein Opfer – ein Opfer des Französischunterrichts. Nicht etwa nur, daß es der Schule nicht gelungen wäre, mir Untalentiertem diese Sprache beizubringen – dieser Schaden wäre erstens reparabel, und zweitens ist er mir in anderen Fächern auch passiert –, aber die Schule hat mir in diesem Fach etwas viel Schlimmeres angetan: sie hat mir diese Sprache für immer verbaut. Ich wage nicht mehr, mir in dieser Sprache Fehler zu leisten. Ich würde es psychisch nur schwer überstehen, mich in dieser Sprache auch nur noch ein einziges Mal zu blamieren.

Ich empfinde als Bürger dieses Landes, als politisch Tätiger, als kulturell Interessierter mein Nicht-Französisch-Können als Invalidität. Die Schule hat mich zum Krüppel gemacht. Ich wiederhole: nicht etwa dadurch, daß sie mir die Sprache nicht beibrachte, sondern vielmehr, daß sie meine Fähigkeit, sie zu lernen, ein für allemal zerstörte.

Gut, ich gebe zu, es wären Situationen denkbar, die das heilen könnten – die große Liebe zur schönsten und besten Frau Frankreichs etwa. Aber wo kämen wir hin, wenn sich die lieblose Schule auf spätere große Lieben oder gar Unmoral verlassen würde.

Von einer Sache bin ich voll und ganz überzeugt, und sie

betrifft nur mich persönlich und ist nicht exemplarisch: hätte ich keinen Französischunterricht in der Schule gehabt, ich hätte diese Sprache hemmungslos nachgeholt und könnte sie heute sprechen. Im übrigen bitte ich von Trost und Ermunterungen abzusehen – ich mag meinen Trotz.

Doch beginnen wir mit dem Positiven.

Erfahrungen beim Fremdsprachenlernen: Ich habe es doch noch geschafft, eine Fremdsprache, nämlich Englisch, zu lernen – nicht etwa zu können, nur zu lernen, und ich beschäftige mich damit seit Jahren. Ich kann sie sogar ab und zu ausprobieren, und es erscheint mir nach wie vor als ein kleines Wunder, wenn beim andern annähernd das ankommt, was ich gemeint habe.

Meine Englischlehrer allerdings waren eher schlechter als meine Französischlehrer. Ich begann mit einem katastrophal miserablen Tonbandkurs, das konnte ich damals nicht einschätzen, konsumierte die verschiedensten Lehrbücher nebeneinander, mußte feststellen, daß meine Aussprache mein Vokabular nicht durchbrachte usw. Ich habe festgestellt, daß ich wirklich ohne Talent für Fremdsprachen bin. Aber ich habe auch festgestellt, daß diese Talentlosigkeit einen nur daran hindert, es zu können, und keineswegs daran, es zu lernen. Und lernen, das habe ich auch festgestellt, ist an und für sich schön.

Französisch, so hatte man mir gesagt, könnte mir nützlich werden. Man könnte damit Geld verdienen oder eben weniger verdienen, wenn man's nicht kann. Mein spätes Englischlernen hingegen hat nichts damit zu tun. Es ist die Verwirklichung von Bubenträumen. Ich lerne damit viel eher die Sprache Karl Mays als die von Shakespeare, viel eher die von Henry Fonda als die von Jimmy Carter. Ich lerne damit eine Kunstsprache, eine Sprache, die mir nicht vor allem eine neue Welt öffnet, sondern mir vielmehr die Möglichkeit einer neuen Rolle gibt: eine Spielform, ein kleiner Hauch von Veränderung, eine kleine Erinnerung an den alten Traum des Menschen, ein anderer zu werden. Ich muß in dieser Sprache nicht vor allem jemand sein, sondern ich darf etwas spielen. New York wird mir zur Bühne, die Bar in New York zur Szene, der holprige Wortwechsel mit dem Barkeeper zum Dialog.

Dabei erinnere ich mich an mein persönliches, nicht an mein schulisches Hochdeutschlernen, als wir im Vorschulalter Hochdeutsch nachgeahmt haben in unseren Spielen und sehr bedeutende, theatralische Sachen in dieser uns pathetisch erscheinenden Sprache aufsagten. Theater spielen, ein anderer sein, Sprache haben: das Goethesche »Erwirb es, um es zu besitzen« hat hier auch seine Gültigkeit. In diesem Sinne gehört mir mein klägliches Englisch mehr als mein Schweizerdeutsch.

Einerseits stelle ich fest, daß sich meine Schwierigkeiten beim Erlernen des Schweizerdeutschen im Englischen wiederholen. Ich stottere wieder, und eine alte Sprechhemmung, die ich im Schweizerdeutschen überwunden habe, stellt sich wieder ein: eine peinliche Erinnerung zwar, aber immerhin eine Erinnerung an meine Kindheit und als solche schön. Vielleicht war ich doch stotternd mehr ich selbst als fließend sprechend. Andererseits gefällt mir, daß ich wesentlich weniger Hemmungen habe, in meinem schlechten Englisch zu fremden Leuten zu sprechen als in meinem einigermaßen guten Schweizerdeutsch.

Ich habe die Vermutung, es könnte daher kommen, daß mir all das, was mich frustriert,von meiner Mutter in unserer Muttersprache mitgeteilt wurde. Daß meine Angst, mit Mädchen zu sprechen, eben auch mit meiner Mutter zu tun hat, und daß ich nicht an meine Mutter erinnert werde, wenn ich mit Frauen in einer andern Sprache spreche. Meine Verpflichtung auf frustrierende Anständigkeit ist nicht abstrakt, sondern irgendwann einmal sprachlich formuliert worden in meiner Muttersprache.

Die Fremdsprache – und das ist ihr Wert an und für sich –

befreit mich oder gibt mir zum mindesten, und das ist schon viel, die Illusion von Befreiung: ein Stück Emanzipation. Allerdings, einen Vorteil habe ich, und ich weiß, daß ihn nicht alle haben können: Ich brauche meine Englischkenntnisse nicht zu verkaufen, ich muß kein Geld damit verdienen. Ich habe den Vorteil des Sonntagsmalers gegenüber dem Professionellen. Ich könnte mich mit meinem Englisch auf kein Stelleninserat melden, das gute Englischkenntnisse wünscht. Ich kann zwar einen englischen Brief schreiben, aber nur, wenn er meine eigene Unterschrift trägt, weil meine vielen Fehler eben meine eigenen sind. Ich kann sie weder einer Firma noch einem Freund zumuten.

Im praktischen Gebrauch sind meine Fehler sogar von Vorteil. Sie sorgen für volle Aufmerksamkeit meines angelsächsischen Gesprächspartners. Ja, noch mehr, und das kriegt man wohl von Franzosen seltener: Es sind meine Fehler, die meinem Partner die Worte abringen: »Your English is perfect.« Ich komme bei ihm, das unterscheidet ihn von meinem Französischlehrer, besser durch als Lernender denn als Wissender.

Eine Sprache an und für sich und nur für sich selbst zu lernen, das hat Ähnlichkeiten mit dem Sich-ins-Schlaraffenland-Durchfressen: ein langer, dunkler Tunnel, mit dem Licht der eigenen Sprache noch im Rücken, das Hirn übersättigt mit Vokabeln wie der Magen der Schlaraffenländer mit Pflaumenmus. Zwischendurch das nicht nur unangenehme Gefühl des leicht Verrücktwerdens: verrückt, so wie man einen Stuhl verrückt, das heißt, in eine andere Welt geschoben werden, mit sich selbst sprechen, sich selbst sprechen zu hören und sich auch viel besser sprechen hören, als man es in Wirklichkeit tut. Es spielt keine Rolle, wie gut ich in Wirklichkeit bin, sondern nur, wie gut es mir tut.

Und plötzlich ist der Tunnel stockdunkel – eine panische Erinnerung an das Scheitern in der Schule. Was anfänglich so leicht war, taugt plötzlich gar nichts mehr. Man versteht kein Wort mehr und ist plötzlich wieder unfähig, auch nur einen Satz zu bilden. Die einfachsten Vokabeln für »Kommen«, »Gehen« und »Haben« sind weg.

Und genau das war der Punkt, wo meinen Französischlehrern nichts anderes mehr einfiel oder nichts anderes mehr übrigblieb, als zur Umkehr zu raten – zurück und repetieren. »Nicht einmal das kannst du!« »Du wirst den Anschluß für immer verpassen, wenn du jetzt nicht repetierst!«

Das leuchtet zwar ein, und es hat mir als Schüler auch eingeleuchtet und trotzdem nichts genützt. Ich bin – vielleicht deshalb – im Französischen genau dort stehengeblieben, wo es einem dauernd die einfachsten Vokabeln aus dem Hirn schlägt. Wenn mich heute ein Französischsprechender auch nur nach dem Weg fragt, dann krieg ich den stumpfen Ausdruck des Taubstummen. Ich könnte antworten, aber ich kann es nicht, und ich weiß nicht einmal mehr, was »Straße« oder »Bahnhof« auf Französisch heißt.

Meine Französischlehrer haben mich stumm gemacht. Und – ich weiß, ich übertreibe – es ist vorstellbar, daß ich den Weg zu meiner eigenen Sprache zurück auch nicht mehr gefunden hätte. Ein sehr, sehr fauler, aber freundlicher Französischlehrer hat mir später zum mindesten den Rückweg zur eigenen Sprache ermöglicht. Er war mein schlechtester Lehrer, ich war sein schlechtester Schüler – er mein Lieblingslehrer, ich sein Lieblingsschüler. Er hatte wohl Verständnis für meine Angst im Dunkeln und war zu schwach, mich nach vorn zu führen. Also ließ er mich wenigstens zurückgehen. Sehr wahrscheinlich hat er mir damit einen schlechten Dienst erwiesen. Aber oft ist ein schlechter Dienst mehr als gar keiner.

Ich weiß, daß ich mir damit widerspreche, aber lassen Sie mir das. Ich widerspreche mir gern.

Ich bin erstens ein fauler Mensch und zweitens einer, der sich gerne langweilt. Trotzdem ertrage ich ab und zu selbst die Verbindung von Faulheit und Langeweile schlecht. Deshalb kam ich auf die Idee, mich mit Englischlernen zu beschäftigen. Hinten war dunkel und vorn war dunkel; aus Langeweile entschied ich mich trotzdem für den Weg nach vorn. Und nach wenigen Schritten begann es nun endlich, hell zu werden.

Ich verstand die ersten Wörter auf meinen alten Jazzplatten, zwei ganze Sätze aus den BBC-Nachrichten, einen ganzen Pornoroman und fast »Fiesta« von Hemingway. Seither gehe ich so langsam wie möglich – ich möchte den Sonnenaufgang verlängern. Es ist sehr schön, wenn Sprache durch das Dunkel hervorbricht. Vielleicht ist es so etwas wie Menschwerden. Ich bin sehr froh darüber, daß niemand in der Schule auf die Idee kam, mir Englisch beibringen zu wollen, denn gemessen an dem, was mir in einem Jahr beigebracht worden wäre, wäre mein Englisch nichts, so zwischen zwei bis drei und drei bis vier. Heute gehört mein Englisch mir, und ich bin jetzt jemand. Ich habe das geschafft, was ich mir versprochen hatte mit 13 Jahren beim Eintritt in die Bezirksschule.

Das wesentlich Neue, das damals dazukommen sollte, war eben Französisch. Und da hatten wir von den Älteren schon gehört, wie bedeutend das sei. Zudem hatte ich das arrogante Selbstverständnis, ein Schriftsteller, ein Künstler zu sein, schon damals, und versprochen war ja mit dem Französischen auch noch Paris. Ich übertreibe nicht: Ich hielt es für eine persönliche Auszeichnung, daß ich nun Französisch lernen durfte. Ich freute mich richtig darauf. Ich war ganz sicher, daß mir das gelingen wird. Und ich wußte damals, daß man jemand ist, wenn man diese Sprache beherrscht.

Ich habe meine Mutter, eine einfache Frau, zum Beispiel auch dafür verehrt, daß sie im Unterschied zu meinem Vater Französisch konnte. Ich war dabei als kleines Kind, als sie einem Französischsprechenden auf dem Bahnhof in Huttwil den Fahrplan erklärte. Der wollte nämlich wissen, was

»werktags« bedeutet, und sie hat ihm die Werktage aufgezählt: »Lundi, Mardi, Mercredi...« Ich kann sie seither, denn auf der Bahnreise von Huttwil nach Olten habe ich mich mit ihr über nichts anderes mehr unterhalten. Ich war, lange bevor ich in die Bezirksschule kam, der Besitzer einer Mutter, die Französisch sprach.

Nun habe ich genug damit kokettiert, daß ich es nicht kann. Ich habe früher auch des öftern abschätzige Bemerkungen über diese Sprache gemacht – wie etwa diese, daß Französisch die einzige noch gesprochene tote Sprache sei. Ich verspreche, daß ich diese Bemerkung hier zum letzten Male mache. Ich bin nicht nur traumatisiert, sondern ich träume auch davon.

An drei Ereignisse im Französischen erinnere ich mich noch: an ein schäbiges, aber nützliches, nämlich als ich das einzige Mal in meinem Leben abgeschrieben habe, nur abgeschrieben, und zwar bei der Aufnahmeprüfung fürs Lehrerseminar. Ich hätte es unmöglich geschafft ohne Abschreiben.

Weiter erinnere ich mich an die Patentprüfung im Seminar. Ich wollte meinen Lehrer, meinen Lieblingslehrer, nicht blamieren, er wollte mich, seinen Lieblingsschüler, nicht durchfallen lassen. Unter uns hätten wir das wohl geschafft, aber da war ja noch ein Experte. Es war ziemlich klar, und das nicht ohne des Lehrers Schuld, daß wir nach Balzac gefragt werden würden, und deshalb sagte der Lehrer, daß einer selbst schuld sei, wenn er ein Z im Namen habe und nicht den Schluß der Geschichte vorbereite. Ich hatte ein B in meinem Namen, und es gab nur ein einziges Mädchen mit A: Ich hatte begriffen und bereitete die ersten beiden Seiten der Geschichte vor. Dazu benötigte ich eine deutsche Übersetzung aus der Bibliothek und einen Freund mit welschen Eltern, der mir meine vorbereiteten Fragen und Antworten ins Französische übersetzte. Dann lernte ich auswendig. Es war etwas mit Zoll: Douane, Douanier. Ich könnte heute noch sagen: »Bonjour, Monsieur le Douanier« – wenn man das sagen könnte und wenn ich den Mut dazu hätte und wenn ich sicher wäre, daß es keine Beamtenbeleidigung ist.

Dann kam die Prüfung. Ich fürchtete mich sehr, weil ich darauf angewiesen war, daß mein Lehrer die Fragen genau so stellte, wie ich sie gelernt hatte. Das tat er nicht. Mir schien, als stelle er äußerst komplizierte Fragen. Trotzdem verstand ich jedes Wort, und irgendeine meiner auswendig gelernten Antworten paßte dann irgendwie.

Nach fünf Minuten aber starrten wir uns entsetzt an. Das, was ich verstanden hatte, war gar nicht Französisch. Er hatte deutsch gefragt, um mich zu schonen, und ich hatte in meinem Französisch geantwortet. Daß ich sein Deutsch für Französisch hielt, hat mir ein einziges Mal das Erlebnis vermittelt, wie das Gefühl sein muß, eine Fremdsprache ganz selbstverständlich zu verstehen.

Das dritte Erlebnis ist erbärmlich: die erste Französischstunde in der Bezirksschule. Der Lehrer sagte sofort, es gebe sehr schwere Laute im Französischen, zum Beispiel »en«. Er sprach den Laut dreimal vor, ging dann von Bank zu Bank, sagte ihn jedem noch einmal, und jeder von uns sagte den Laut ganz genau nach. Der Lehrer stellte nur fest, daß wir nie *Französisch* lernen werden. Immerhin konnten wir zu Hause unseren jüngeren Geschwistern mit dem Laut Eindruck machen.

Von der zweiten Stunde an wurde nicht mehr gesprochen, es wurde ausschließlich auf schriftliche Arbeiten vorbereitet. Bei der ersten hatte ich eine Sechs. Es sollte meine einzige Sechs in sieben Jahren Französisch sein. Ich erinnere mich, daß sich meine Mutter darüber freute.

Wir lernten aber nicht nur, wie schwer, unverständlich schwer es ist, »en« zu sagen. Wir lernten sozusagen alle Schwierigkeiten der französischen Sprache – nicht Französisch, nur die Schwierigkeiten. Ich glaube, ich habe meinen

Französischlehrer mit Recht im Verdacht, daß auch er nur die Schwierigkeiten konnte. Es ging nicht darum, etwas zu lernen, sondern es ging darum, etwas prüfbar zu machen.

Ich entdecke in meiner eigenen, der deutschen Sprache sozusagen tagtäglich etwas Neues, der Französischlehrer dagegen vermittelte seinen Schülern den Eindruck, daß er eine totale und komplette Sprache besitze und anzubieten habe. Er war der Herr über Richtig und Falsch. Ich habe die Möglichkeit nicht, die Qualität meines »en«-Lautes einzuschätzen. Ich höre den Unterschied zu seinem »en«-Laut nicht, ich halte sein Richtig oder Falsch für zufällig.

Oder anders gesagt: Germanistik gehört in unserer Gegend zu den unexakten Wissenschaften, Romanistik offensichtlich zu den exakten. Einer, der an einer deutschen Universität Germanistik studiert, hat sich mit anderen Dingen zu beschäftigen als mit »Richtig« und »Falsch«.

Die Französischkenntnisse eines Schweizer Romanisten stammen in der Regel nicht von einer Schweizer Schule, sondern von einem Aufenthalt im französischen Sprachgebiet. Er empfindet die Sprache, die er dort hörte, als eigentliche Erlösung und Befreiung, als Befreiung vom Schulfranzösisch. Zurückgekehrt in die Schweiz als Französischlehrer hat er sich nun nachträglich die prüfbaren Schwierigkeiten anzueignen, und sehr bald verfällt er dem weltweiten Lehrerirrtum, daß die Grammatik die Sprache an und für sich sei. Er vergißt, daß noch lange nicht alles, was grammatikalisch vertretbar scheint, sprachlich auch möglich ist.

Eine amerikanische Bekannte, damals Germanistikstudentin, weigerte sich sehr lange, mit mir – oder besser gesagt: vor mir Deutsch zu sprechen. Als sie es endlich tat, wußte ich, weshalb sie sich so lange geweigert hatte. Sie sagte zum Beispiel fast akzent-, jedenfalls fehlerfrei: »Hättest du nichts dagegen, wenn wir etwas trinken gehen würden?« Auf deutsch heißt das: »Wollen wir etwas trinken gehen?« Ihr Satz, und das wußte sie offensichtlich zum voraus, ist eindeutig falsch: grammatikalisch richtig, sprachlich falsch.

Oder was halten Sie von deutschen Sätzen wie: »Ein Schutzmann würde ihnen Auskunft gegeben haben, wenn sie ihn bloß gefragt hätten.« »Der Oberst ist zu stolz, als daß er mit uns umginge.« »Meines Erachtens tätest du besser, zu Hause zu bleiben.«

Das sind Zitate – ganz zufällige – aus einem offiziellen schwedischen Deutschlehrbuch, erschienen 1967.

Es ist ganz einfach, was hier passiert: Grammatik dient nicht mehr dazu, die Sprache zu erfassen, sondern die Sprache dient dazu, eine Grammatik zu erklären, die sich selbständig gemacht hat. Wer versucht, eine Sprache total – mit all ihren Ausnahmen – zu vermitteln, vermittelt sehr schnell totalen Blödsinn.

Mit einer einzigen Fremdsprache habe ich einige Erfahrungen, mit der Fremdsprache Deutsch. Ich habe Deutschlehrer und Deutschstunden in Skandinavien, in England, Amerika und Australien erlebt. Ich kann Ihnen sagen, das ist durchs Band weg ungemein lustig, wenn man sich nur auf den Lehrer konzentriert, und sehr traurig, wenn man an die Schüler denkt. Wenn man sich dann mit einem Lehrer unterhält – in Australien geht das meist nur in meinem schlechten Englisch –, hört man sehr schnell die Klage, daß das Deutsch eben am Verrotten sei. Der Lehrer beklagt den Verlust des Konjunktivs in der hochdeutschen Umgangssprache, er beklagt den Verlust der Vorzukunft, die es nie gab usw. Er kann zwar nicht sehr gut Deutsch, aber er ist ein Sprachbewahrer. Die deutsche Sprache wird in Australien gepflegt, bei uns wird sie gesprochen. So heißt es dann in Australien: »Es ist sehr gütig von Ihnen, mir ein kühlendes Getränk gebracht zu haben.« Bei uns heißt das: »Dankeschön.«

Ich war sehr stolz darauf, daß es mir einmal gelang, eine Mädchenschule in Australien zum Sprechen zu bringen. Es kamen deutsche Sätze, immer mehr und immer lustigere. Wir haben uns verstanden, die Schülerinnen mich und ich die Schülerinnen, und was sie sprachen, war richtiges Deutsch mit Fehlern. Nach der Veranstaltung aber kamen die Lehrer, und es stellte sich heraus, daß sie zwar mein Deutsch, aber nicht das Deutsch ihrer Schüler verstanden hatten: weil eben diese Lehrer – nicht aus Bösartigkeit – nur fehlerfreies Deutsch verstehen können.

Wer eine fehlerbehaftete Sprache nicht versteht, der kann die Sprache nicht. Das ist der Punkt, und Umdrehungen stimmen meist nicht. Trotzdem bin ich geneigt zu sagen, die Schüler konnten Deutsch, die Lehrer nicht.

Auf diesem Umweg stimmt denn auch der Satz, daß die Schüler meist für den Lehrer lernen müssen und nicht für sich. Es nützt ihnen gar nichts, wenn sie eine Sprache lernen, die ein Deutscher versteht: Sie müssen eine Sprache lernen, die ein australischer Deutschlehrer versteht. Zudem sind sie überzeugt, daß er Deutsch perfekt kann und daß das, was sie für ihn lernen, Deutsch sei.

Ich bin nach diesem Erlebnis jedenfalls recht skeptisch geworden gegenüber meinen Englischbüchern. Wenn es mir zu kompliziert wird, entscheide ich mich lieber für Kürze mit Fehlern. Man blamiert sich mit den Fehlern viel weniger als mit geschraubter Grammatik. Als ich in einer Bar in New York einmal den schönen Dativ »to whom« verwendete, strahlte der Barkeeper übers ganze Gesicht, machte eine kleine, deutsche Verbeugung und quittierte mit einem lehrerhaften »correct«.

Meine Bedenken gegenüber jedem Sprachlehrer haben mir auch schon bittere Streiche gespielt. So entschied ich mich bei meinem privaten Englischlernen dafür, es nicht allzu schön zu lernen, das »th« nicht zu berücksichtigen und als gewöhnliches deutsches »s« auszusprechen. In der Praxis stellte ich dann fest, daß ein »s« anstelle von »th« kaum verstanden wird. Ich hatte also das »th« nachzuholen und rass'le noch heute dauernd rein.

Aber warum hat mir kein Lehrer und kein Lehrmittel gesagt, was wirklich erforderlich und was dagegen eher nur wünschenswert ist und was man sich schenken kann? Warum war alles, was mir im Französischunterricht beigebracht werden sollte, so unheimlich gleichbedeutend – nämlich *sehr* bedeutend? Ich glaube deshalb, weil mir Französisch von deutschschweizer Sprachbewahrern und Francophilen beigebracht wurde, von Leuten, die eben Französisch an und für sich als etwas sehr Edles und Bedeutendes betrachteten.

Uns Deutschschweizern erscheint Hochdeutsch als sehr pathetisch, das ist uns bewußt. Aber wenn wir es uns recht überlegen, dann erscheint uns jede Fremdsprache als pathetischer und bedeutender als die eigene. Denken Sie nur an das Englisch, an das Französisch, an das Italienisch im Film. Wie erbärmlich wäre da Schweizerdeutsch. Schon die hochdeutsche Synchronisation ist schlimm genug, aber in Schweizerohren doch immerhin noch ein bißchen bedeutend.

Der Francophile – ich kenne das von meiner eigenen romantischen Begeisterung für das Englische – hat ein recht unpragmatisches Verhältnis zur französischen Sprache. Hinzu kommt eine Vorstellung von Kultur, meist in der Form von Kultiviertheit, und man wird es halt nie fühlen, wenn man es nicht erahnt. Und wenn sie es nicht erahnen wollen, diese fürchterlichen Schüler, dann zwingt man sie eben zum Beispiel mit dem Konjunktiv zum Respekt. Und noch etwas: diese ein, zwei, drei Jahre, die Sie vielleicht als junge Studenten in Paris verbrachten, das waren sehr schöne Jahre und freie und menschliche – und nun, wieder zu Hause, müssen Sie diese Sprache ein Leben lang vermarkten. Was Ihnen selbst als echte Befreiung erschien, Befreiung durch eine andere Stadt und durch eine andere Sprache: das wird Ihnen jetzt zum lebenslangen Lehrerzwang.

Vielleicht sind Sprachlehrer auch deshalb bereit, die Fremdsprache mehr als Zwang und Disziplinierungsmittel einzusetzen denn als ein Medium zur Befreiung des Menschen.

Immerhin, es besteht die Chance, daß einzelne die Möglichkeit der Selbstbefreiung durch Fremdsprache wahrnehmen, und das ist schon etwas. Ich könnte mir auch vorstellen: zwei Jahre spielerischen mündlichen Fremdsprachen- oder Phantasiesprachenunterricht, und dem schlechtesten Bezirksschullehrer oder Mittelschullehrer wäre es zum mindesten nicht mehr gelungen, mir diese Sprache endgültig zu verbauen.

Ich jedenfalls hätte sehr gern Französisch gelernt. Und ich wollte nicht Französisch schreiben lernen, ich wollte Französisch sprechen lernen. Mit dem, was die Schule schreiben nennt, habe ich als sogenannter Legastheniker ohnehin schlechte Erfahrungen gemacht. In Französisch fand ich nur noch das, was ich in Deutsch haßte. Mein Scheitern in Französisch war vorprogrammiert.

1979

Die erste aller Freiheiten

Meine Damen, meine Herren,

Sie wissen es, ich bin der Stellvertreter oder eigentlich der Stellvertreter des Stellvertreters des Stellvertreters. Das habe ich mit vielen von Ihnen gemein, mit jenen vielen in Ihrem Beruf, die auch auf einem Stuhl sitzen, auf dem ein anderer nicht mehr sitzen durfte, konnte oder wollte. Ich weiß nicht, mit wieviel schlechtem Gewissen Sie das tun, ich tu's mit schlechtem Gewissen, und daß jener*, den ich hier zu vertreten habe, inzwischen ins schiefe Licht geraten ist, das ist mir kein Trost, das macht mich traurig. Jene, die mit Schadenfreude darauf reagieren, und jene, die darin einen Beweis für ihren Verdacht sehen, haben das mit sich selbst auszumachen und sich zu fragen, ob ihre Beine lange genug jung bleiben werden, um Stolpern auszuschließen, ob es ihnen gelingen wird, wirtschaftlichen Forderungen zum Trotz Journalisten zu bleiben und sich selbst nicht dem äußeren Erfolg zu opfern. Der Großmut allerdings ist in dieser Branche unbekannt, jener Großmut nämlich, daß man einem Gestolperten seine ehemaligen Verdienste nachträgt und nachlobt. Ich wünsche jenen dieses Schicksal nicht, ich mache nur darauf aufmerksam, daß es das Schicksal aller in dieser Branche ist.

Es war die edle Aufgabe des Journalisten in den jungen Republiken des 19. Jahrhunderts, die Macht der Großen zu enttarnen, die Großen zu stürzen, die liberale Revolution aufrechtzuerhalten. Seit die Journalisten nun auch anderem verpflichtet sind und anderen Großen, stürzen sie sich selbst gegenseitig: das alte Handwerk mit neuen Zielen. Das Stichwort heißt Zynismus, die Berufskrankheit der Journa-

* Eingeladen und wieder ausgeladen wurde vorerst der Chefredakteur des »stern«, Henri Nannen.

listen, eine Krankheit, der auch jener, den ich hier zu vertreten habe, offensichtlich nicht ausweichen konnte.

Aber das soll eine Festrede werden. Und eine Festrede, das weiß ich, hat historisch und historisierend zu sein. Ich weiß, daß es meine selbstverständliche Pflicht gewesen wäre, mich zu orientieren, die Geschichte Ihres Verbandes zu studieren oder zum mindesten die Geschichte der Schweizer Presse, die Geschichte der Schweizer Pressefreiheit – das habe ich nicht getan, und ich weiß nun nicht, ob es diese Pressefreiheit nie gab oder ob sie nur am Schwinden ist.

Mir bleiben Vermutungen.

Die Vermutung zum Beispiel, daß es Gründe gab, 1883 diesen Verband zu gründen, in einer Zeit, als es unter treuen Liberalen die ersten Enttäuschungen über einen Liberalismus gab, der Freiheiten versprach – Meinungsfreiheit, Pressefreiheit – und der doch mehr und mehr die Prosperität vorzog. Von Pressekonzentration und Pressezaren war damals wohl noch nicht viel zu sehen. Die Angst vor einer solchen Entwicklung war höchstens die Angst der Journalisten. Wenn das ein Grund für die Gründung dieses Verbandes gewesen sein sollte, dann könnte ihm ohne Schadenfreude und ohne Vorwurf nach hundert Jahren attestiert werden, daß er erfolglos war.

Ich habe den Verdacht, daß unsere Bevölkerung immer noch nicht sensibilisiert ist für die Probleme von schwindender Pressefreiheit, für die Probleme von Pressekonzentrationen, daß alles immer noch die Sorge der Journalisten geblieben ist. Die Deklaration der Pressefreiheit ist dem Publikum allerdings bekannt, und es glaubt, daß diese Deklaration als Garantie genüge. Man lernt in der Schule, daß es in unserem Lande Pressefreiheit gebe. Und dann nimmt man eben das, was man sieht, als Pressefreiheit und stellt fest, daß es das in einigen anderen Ländern nicht gibt. In anderen Ländern heißt aber das, was sie dort haben, auch

Pressefreiheit. Eingeschränkt ist sie überall nur durch andere Freiheiten und durch die Rücksichtnahme auf das Gesamtwohl. Die Einschränkung findet nicht an der Sache statt, sondern an der Definition der anderen Freiheiten und des Gesamtwohls.

Beim Abwägen von verschiedenen Rechtsgütern – das zeigen Urteile in der letzten Zeit – wird der Pressefreiheit mehr und mehr ein geringer Wert beigemessen. Wenn aber eine Freiheit jeder anderen Freiheit weichen muß, dann ist sie keine mehr.

Das Interesse an Pressefreiheit ist in der Prosperität gering. Sie ist für die wenigsten benützbar, weil für das Publikum der Nutzen der Pressefreiheit kaum einsehbar ist. Sie wird nicht in barer Münze ausbezahlt, und sie gehört nicht zu dem, was die Leute unter Lebensstandard verstehen. Oder nach dem Prinzip von Angebot und Nachfrage: Das große Manko – so scheint mir – liegt auf der Nachfrageseite. Es besteht eine zu geringe Nachfrage nach Pressefreiheit.

Wenn die Wirtschaft einer mangelnden Nachfrage gegenübersteht, dann versucht sie, die Nachfrage zu schaffen. Haben wir Journalisten vielleicht das verpaßt? Waren wir vielleicht doch die einzigen, denen diese Freiheit bewußt war, die einzigen, die sie teilweise benützt haben? Aber vielleicht haben wir vergessen, sie benützbar zu machen. Ein Prozeß gegen einen Journalisten ist dann auch nichts anderes als eben ein Prozeß gegen einen Journalisten. Um was für Rechte es hier geht, das weiß das Publikum nicht. Ich spreche immer noch von der Nachfrage: Wo sind jene feurigen liberalen Politiker, für die die Pressefreiheit ein heiliges Gut ist, für das man auch dann vehement eintritt, wenn es dem politischen Gegner hilft? Wo sind die Politiker, für die die Meinungs- und Pressefreiheit die erste aller Freiheiten ist und die fest daran glauben, daß man sich keine Sorgen machen muß um den Bestand der anderen Freiheiten, wenn diese erste völlig unangetastet bleibt?

Aber zurück zur Festrede, zurück zur Geschichte.

1883: der neue, tapfere und senkrechte Sheriff in einer Kleinstadt des Wilden Westens betritt wütend die Redaktion der örtlichen Zeitung, in der Hand die neueste Ausgabe, in der ein geharnischter Artikel gegen den mächtigen Mann der Stadt steht. Der Sheriff weiß, daß der Artikel berechtigt ist, aber er befürchtet Unruhen und ist gegen Provokationen. Das Inventar der Redaktion brauche ich Ihnen nicht zu schildern: Setzkästen und Blei, tiefhängende Lampen, ein Mann über seine Lettern gebeugt. Der Sheriff schreit ihn an, er dreht sich um: ein wunderhübsches, zartes Mädchen mit grünem Schirmschild über den Augen, Liebe auf den ersten Blick, ein stotternder Sheriff. Und dann die tieftraurige Geschichte des Mädchens: daß sie mitansehen mußte, wie vom Mächtigen gedungene Killer hier am Setzkasten ihren Vater umbrachten, weil dem Mächtigen seine Artikel nicht gefallen haben, wie sie nun das Werk des Vaters weiterführt und sich so wie er vor niemandem fürchtet – 1883, schätze ich.

Und als Zwischenbemerkung: ich gehöre zu jener Generation von Schweizern, die ihre halbe Bildung aus Hollywood bezogen. Ich glaube sogar – und das geschieht Hollywood recht –, daß mich Hollywood zum Sozialisten gemacht hat.

Aber zurück in den Westen: 1883, die Besitzerin, Herausgeberin, Chefredaktorin, Reporterin, Setzerin und Druckerin, wohl auch Verträgerin der Zeitung in einer Person – könnte es sein, daß die idealistischen frühen Liberalen beim Postulat der Pressefreiheit an nichts anderes gedacht haben, daß sie sich nicht vorstellen konnten, daß ein Besitzer mit Journalismus nichts zu tun hat? Könnte es sein, daß heute jene die Pressefreiheit besitzen, denen sie gar nicht zugedacht war? Zudem weiß ich auch gar nicht, für was ein Verleger diese Freiheit besitzt. Sein Geschäft, so scheint mir, ist durch die Gewerbefreiheit genügend abgedeckt.

Immerhin, unser Mädchen im Westen handelte tapfer, und der Sheriff aus Liebe auch.

Tapferkeit des Journalisten, Mut des Journalisten: Ich frage mich ernsthaft, warum es in einer freien Gesellschaft Mut brauchen sollte, ein garantiertes Recht zu benützen. Etwa vielleicht auch deshalb, weil dieses Recht so selbstverständlich ist, daß niemand bereit ist, es zu schützen? Niemand glaubt nach dem Bundesgerichtsurteil im Falle Irniger* im Ernst daran, daß man nun über keinen mehr schreiben darf, der noch einen Sohn hat. Niemand glaubt das, auch das Bundesgericht nicht. Also bleibt die Verunsicherung des Journalisten. Er kann aus diesem Urteil nichts ableiten.

Verunsicherung ist ein beliebtes Disziplinierungsmittel. Ich bin überzeugt, daß die Bundesrichter das keineswegs wollten. Ich bin überzeugt, daß sie nicht daran gedacht haben, und genau das erschreckt mich. Zudem bürdet der Staat – und in diesem Falle ist der Staat für einmal nicht »wir alle« – dem Journalisten Verantwortungen auf, die seinem Wesen und seiner Arbeit fremd sind. Der Journalist darf Dinge nicht veröffentlichen, die als geheim eingestuft sind, das heißt, dem Staat gelingt die Geheimhaltung nicht, also soll sie der andere tun.

Niemand hat nach der Bekanntwerdung der Nowosti-Papiere** seine Haltung zu den Maßnahmen geändert. Es

* Irniger war der letzte Mörder, der in der Schweiz hingerichtet wurde (1940). Ein Hörspiel sollte dieses Ereignis und die Hintergründe schildern. Ein Sohn von Irniger, der seinen Vater nie kannte und unter anderem Namen anonym lebt, hat gegen die Ausstrahlung Einsprache erhoben und vom Bundesgericht recht bekommen.

** Die Schweizer Regierung wies im Jahre 1983 den Leiter der russischen Presseagentur Nowosti aus und schloß die Agentur wegen angeblich unerlaubter politischer Tätigkeit. Durch eine Indiskretion kam der entsprechende geheime Bericht der Bundespolizei an die Öffentlichkeit.

stand nicht mehr drin, als alle vorher schon wußten. Der Staat hat uns aber vorgemacht, seine Entscheidung und seinen Kommentar habe er auf Grund von noch viel exakteren Informationen entworfen. Es geht mir nicht um den Entscheid – er kann richtig sein –, es geht mir nur darum, daß hier ein Nichts geheimgehalten wurde. Das scheint mir eine gefährliche Politik zu sein, weil sie nicht politisch, sondern nur taktisch ist. Der Staat täuscht mit der Geheimhaltung Mehrwissen vor. Mir scheint, der Journalist hat das aufzudecken und zu kommentieren. Er hat dafür zu sorgen, daß der Staat nicht in seinen eigenen Geheimnissen verschwindet. Und die Politik sollte sich halt damit abfinden, daß nur das geheim ist, was geheim bleibt.

Ich weiß, daß das Gesetz anderer Meinung ist. Trotzdem ärgere ich mich beim Gedanken, daß fremde Geheimdienste über unsere Politik besser informiert sein dürfen als der eigene Bürger. Und ich habe den Staat im Verdacht, daß er mehr und mehr vor dem eigenen Bürger und nicht vor dem fremden Staat geheimhalten will. Im dauernden Notstand kann die Demokratie ersticken. Wir haben die Freiheit, die wir verteidigen wollen, auch zu benützen.

Aber Geschichten sind lustiger. Hier eine, die man sich in der DDR erzählt.

Ein König, der sehr häßlich war – sein linkes Auge war völlig vernarbt und sah schrecklich aus, und sein rechtes Bein war zu kurz –, ließ im Lande verkünden: »Jener, der mich so malen kann, wie ich bin, bekommt mein halbes Königreich. Wem der Versuch aber nicht gelingt, der muß sterben.« Die Maler strömten herbei, malten ihn pointilistisch und impressionistisch und vertuschten die Unschönheiten ein bißchen. Der König schaute sich die Werke an und sagte: »Ja, ganz schön. Aber glaubt ihr, ich sei blöd? So bin ich nicht. Kopf ab.«

Dann kam ein Maler, der glaubte, der König sei aufgeklärt und ein Realist. Er malte ihn fotorealistisch genau so, wie er war, und der König sagte: »Gut – aber so gefalle ich mir nicht. Kopf ab.«

Nun kam ein ganz junger Maler und fragte, ob die Wette noch gelte. Der König sagte: »Du weißt, was mit den anderen geschehen ist?« Der junge Maler sagte: »Ja, ich weiß es.« Er holte einen großen Stein und eine Flinte, sagte dem König, er solle sein rechtes Bein, das kürzere, auf den Stein stellen, die Flinte anlegen und zielen und dabei das linke Auge gut zudrücken, er wolle ihn als Jäger malen – und das war die Geburtsstunde des sozialistischen Realismus.

Könnte es nicht auch – übersetzt auf unsere Verhältnisse – die Geburtsstunde der Forderung nach Objektivität gewesen sein?

Objektivität – zugegeben ein bestechender Begriff. Wer wollte etwas dagegen haben?

Ich möchte mich hier nicht einlassen auf all die Philosophien über den Begriff, darauf, daß es keine absolute Objektivität gebe, daß sie nur erstrebenswert und eigentlich nicht erreichbar sei usw. Aber eingebracht wurde der Begriff von Politikern nicht etwa, um eine Pressefreiheit zu definieren und zu stärken, sondern um ein Instrument zu haben, sie einzuschränken. Gefordert wird sie vorläufig von den Monopolmedien, aber schon geistert sie auch durch alle anderen Medien.

Niemand, überhaupt niemand, hat über die Zürcher Unruhen objektiv berichtet. Wenn einzelne Journalisten das hinterher behauptet haben, dann war das nur eine Schutzbehauptung gegenüber einer unerfüllbaren und nicht definierbaren Forderung: Pressefreiheit ja, aber nur unter der Bedingung der Objektivität. Man kann etwas auch damit verhindern, daß man Anforderungen stellt, die unerfüllbar sind.

Oder ist »Objektivität« vielleicht doch nichts anderes als das westliche Gegengleich zum sozialistischen Realismus?

Die Solothurner Regierung sieht, wenn auch sehr ungern,

ein, daß ihre Spanienreise etwas ungeschickt war. Sie beharrt aber weiterhin darauf, daß die Presse diese Reise* unnötig hochgespielt habe. Frage: Würde sie diese Reise auch als ungeschickt empfinden, wenn die Presse nicht berichtet hätte?

Die Medien werden zu Mitschuldigen an Unruhen gemacht. Die Zürcher Unruhen sind weg. Mir scheint, für die Politiker haben sie inzwischen fast nicht mehr stattgefunden. Hätte die Presse nicht darüber berichtet, sie wären vergessen und die Geschichte wäre bewältigt.

Die Presse stört. Sie stört den natürlichen Lauf der Geschichte, und sie stört jene, die im Lauf dieser Geschichte laufen. Es ist ihre Aufgabe zu stören, und mit dieser Aufgabe hat sich die Gesellschaft abzufinden.

Ich glaube nicht an die Presse als vierte Macht im Staat. Die Wirtschaft hat diesen Posten schon längst besetzt. Ich glaube vor allem deshalb nicht daran, weil ich mich dagegen verwehre, daß die Presse ein staatliches Instrument sein soll. Die Presse soll nicht nur einfach dem Volk den Staat erklären, sondern auch dem Staat das Volk. Ich meine es als Kompliment, wenn ich sage, die »Neue Zürcher Zeitung« tut das für jene, die sie vertritt.

Eine weitere Forderung an den Journalisten ist die fachliche Kompetenz. Auch diese Forderung leuchtet ein. Es ist bestimmt wünschenswert und kein Schaden, wenn der Journalist fachlich kompetent ist, aber wenn er nur Fachmann ist, dann ist er kein Journalist. Der Journalist hat Laie zu sein, die Fragen des Laien zu stellen und stellvertretend für den Laien zu schreiben. Er hat das zu schreiben, was die Leute denken könnten, denken möchten, und nicht das, was sie denken müssen.

Was wäre das für ein eigenartiges Menschenrecht – die

* Die Solothurner Regierung hat sich von einem privaten Atomwerkbetreiber zu einer Spanienreise einladen lassen.

Meinungsfreiheit –, wenn es nur dem Fachmann zustehen würde. Wer Pressefreiheit will, muß das Risiko eingehen, daß sie von allen – und auch von weniger Geschickten – benützt wird. Wer die Demokratie will, muß sie mit denen machen, die da sind.

Diesen verwegenen Mut hatte man 1848. Ich bin überzeugt, wir hätten ihn heute nicht mehr, ginge es darum, erst heute die Demokratie einzuführen, die direkte Demokratie. Wir würden es heute wohl mit sehr vielen Einschränkungen irgendwie stufenweise tun, weil das Volk noch nicht so weit ist. Und weil das Volk nicht so weit ist und wir die Demokratie trotzdem schon haben, soll die Presse nun eine allzu überschwengliche Demokratie verhindern helfen. Wem die Demokratie zu viel ist, dem ist auch die Presse zu viel.

Aber noch mal Hollywood. Amerikanische Filme über Journalisten sind nicht neu, sondern ein durchgehendes Thema so zwischen Western und Krimi: der junge Redaktor, Wahrheits- und Menschenrechtsfanatiker, riesige Redaktionssäle mit riesigen Ventilatoren, ein Chef und ein noch höherer Chef und ein Besitzer mit noch größerer Zigarre, Gehetz und Umbruch und Sensationen, Whisky und Scheckbuch und schnelle Wagen und runtergehängte Krawatte. Nicht nur ich habe das Leben durch Hollywood kennengelernt. Könnte es sein, daß dieses Filmklischee halt doch auch in unseren Köpfen steckt?

Sie kennen Ihre Kollegen: Gibt es nicht einige unter ihnen, die diesen kleinen Hauch von großer Welt an sich haben – so zwischen englischem Lord und amerikanischem Haudegen?

Ich spreche vom Gigantismus.

Wir sind ein kleines Land mit einer entsprechend kleinen Möglichkeit für die Entfaltung der Presse. Aber wir sind ein reiches Land und ein einflußreiches, und unsere Wirtschaftsmanager bereisen mit ihren Aktenköfferchen die ganze Welt. Und unsere Journalisten wissen nichts Besseres, als es ihnen gleichzutun, ihre kleinen Köfferchen zu packen und große Weltpresse zu spielen: Endlich der Report über Peru. Dabeigewesen sein beim Kongreß in Sidney: große Welt mit Spesen, Vergünstigungen und Rabatten, keine Fachleute zwar, aber richtige Connaisseure.

Da gibt es deutschsprachige Presseerzeugnisse, die von einer Million Leser träumen in einem Land, das vier Millionen Deutschsprechende zählt, von denen ein Teil noch nicht spricht und ein großer Teil nicht liest. Da solidarisieren sich Journalisten in Kleidung, Getränken und Denken mit einem Verlagsmanagement, das glaubt, das Industrie-Wachstumsdenken lasse sich ohne weiteres auf die Zeitung übertragen. Der Journalist, der zum Pressemanager wird, hat seinen Beruf aufgegeben. Das ist sein gutes Recht.

Ich spreche nicht von der wirtschaftlichen Abhängigkeit unserer Presse. Ich werde das für einmal lassen, es ist bekannt. Ich spreche vom Gigantismus.

Es rauscht nicht mehr im schweizerischen Blätterwald – vor nicht langer Zeit hat es noch gerauscht. Denn Rauschen können nur die kleinen Blätter. Oder was meinen Sie zu dem Satz: Es rauscht das Schweizer Blatt. Nicht nur der Einparteienstaat ist eine Schreckensvision, auch der Einzeitungsstaat. Die Verleger sind keine Journalisten mehr. Sie haben das Schreiben aufgegeben und die Pressefreiheit mitgenommen in die Chefetage. Schreiben und Pressefreiheit sind inzwischen schön säuberlich getrennt (Ausnahmen sind immerhin zu erwähnen, ganz links und – fast ungern – die »NZZ«).

Gigantismus: das Rezept dagegen heißt Redimensionierung, ein utopisches Rezept. Ich weiß nicht, wie das zu geschehen hätte. Aber wer den schweizerischen Blätterwald wieder rauschen hören möchte, der muß kleine Blätter machen, das heißt, die Schweizer Blätter auf die Größe unseres Landes redimensionieren.

Der Einfluß der Wirtschaft auf unsere Presse läßt sich

nicht ausschließen. Aber nicht einfach die Wirtschaft und die Inserenten und die Interesselosigkeit des Publikums macht unsere Presse kaputt, sondern ihr eigener Hang zum Gigantismus, und den Journalisten kann dabei nicht absolute Schuldlosigkeit attestiert werden: der Aktenköfferchen- und Spesenjournalismus ist nicht etwa anständiger als der Scheckbuch-Journalismus.

Kommt doch zurück in die kleine Schweiz, zurück auf den Boden! Laßt doch wenigstens dieses eine Geschäft frei von schweizerischem International-Renommier-Gehabe. Hängt euch ein Bild vom Gründer eurer Zeitung übers Pult. Er ist sehr wahrscheinlich ein zigarrenrauchender Dorfmonarch mit Uhrenkette und ein erzkonservativer Kerl, aber er hat ein Blättchen gemacht und damit wohl auch Macht ausgeübt über eine kleine Region der Schweiz.

Das ist leicht gesagt, ich weiß es. Die wirtschaftlichen und technischen Bedingungen sind andere. Nur etwas, eine Sache ändert sich nicht: wir Schreiber produzieren immer noch archaisch wie vor zweihundert Jahren. Damit hat sich der Verleger abzufinden. Wir können in allem ersetzt werden, nur nicht als Schreiber. Nie wird ein journalistisches Prinzip die Technik verändern, sondern nur das wirtschaftliche Prinzip, das Gewinnstreben. Wir sind die einzigen in diesem Geschäft, die die alten, die Konservativen bleiben könnten. Nur wir können zurückfordern, was uns gehört: die Pressefreiheit.

Sie interessiert fast niemanden, das Publikum nicht, den Besitzer der Zeitung nicht, den Staat nur bedingt. Die Pressefreiheit ist unsere Sache geworden, die Sache der Journalisten. Wir haben sie zu verteidigen. Wir ganz allein. Und dem Publikum wird sie erst auffallen, wenn wir sie verteidigen. Und es gibt nur eine Form der Verteidigung. Man verteidigt sie, indem man sie benutzt.

Es hat seine Gründe, daß ich nicht vom Einfluß der Wirtschaft, der Inserenten spreche. Bestimmt gibt es das. Die Beweise liegen vor, aber mir scheint, daß sich inzwischen allzu viele dahinter verstecken. Der Staat findet seinen Druck schwach, wenn er ihn mit dem Druck der Inserenten vergleicht; der Verleger versteckt seine eigene politische Haltung hinter diesem Druck; der Journalist gibt sich progressiv, schweigt und flieht in den Zynismus. Das ist doch sehr bequem: das gleicht dem Ehemann, der ein Leben lang darauf wartet, daß ihn seine Frau zur Untreue auffordert. Ja, sollen denn die Inserenten herkommen und sagen: »Ihr kriegt meine Inserate erst, wenn ihr ganz tapfer und mutig seid?«

Ich mag die traurigen Bernhardineraugen jenes Journalisten nicht mehr sehen, der mir sagt, er arbeite bei einer Boulevardzeitung – und damit Distanz andeutet. Und ich frage mich, haben *wir* uns entschieden, Journalisten zu sein, oder wurden wir zu dieser Arbeit verdammt und in diesen Beruf versklavt?

Es ist diese Unredlichkeit, die zum Zynismus führen muß. Sie können als Journalist keine Arbeit verkaufen, sondern nur sich selbst. Das kostet Substanz, und das führt genauso wie das Leben zum Tod. Darauf haben Sie sich eingelassen. Ich danke Ihnen als Leser Ihrer Zeitungen dafür.

Aber noch mal zu unserer Berufskrankheit. Ich erschrecke immer wieder, wenn ich junge Journalisten antreffe, Anfänger: Ich bin entsetzt darüber, wie sehr sie sich schon zu Anfang in diesen Zynismus einüben, zum voraus wissen, daß sie das, was sie denken, nicht schreiben werden. Was sie noch nicht wissen, ist, daß sie schon bald das, was sie nicht schreiben, auch nicht mehr denken werden.

Das ist hart, so hart wie die Sprache, mit der wir arbeiten. Es ist eine Sprache – und das wäre unsere Chance –, die das nie liefert, was wir von ihr fordern. Deshalb haben Politiker mitunter eine Neigung zu Sprachregelungen.

Schreiben kann man nicht außerhalb von sich selbst. Ein guter Journalist ist nicht einer, der etwas denkt und es dann aufschreibt, sondern er denkt schreibend. Das Schreiben ist ein Bestandteil seines Denkens. Die echte Pressefreiheit ist nicht nur eine Freiheit des Inhalts, sondern eine Freiheit der Form. Und die Zensur – wer sie auch ausübt – ist schlau genug, nicht vom Inhalt, sondern von der Form zu sprechen: Das kann man schon schreiben, aber anders. Objektivität ist der Begriff, der den Inhalt von der Form trennen will. Die Stichwörter heißen Qualität und Professionalismus. Das kann und muß der Journalist von sich selbst fordern, das kann und muß der Chefredaktor fordern. Der Staat hat kein Recht auf diese Forderung. Die Pressefreiheit muß ein Recht für alle sein, auch für jene, die es nicht so gut können. Ein Recht ist nur dann ein Recht, wenn es für alle gilt.

Eine Festrede?

Ich gebe zu, daß sie mißlungen ist. Ich gebe zu, daß ich terribel vereinfacht habe. Ich gebe zu, daß ich nicht alles, was ich gesagt habe, belegen möchte mit Namen, Daten und Fakten. Aber ich beharre darauf, daß ich das tun darf, daß ich meinem Denken nachgeben darf.

Meine Rede ist unnützlich, nicht benützbar, nicht übersetzbar in die Praxis. Sie wird nichts daran ändern, daß Sie sich an Ihren Tisch zu setzen und zu schreiben haben. Schreiben ist ein einsames Geschäft. Nicht nur Zynismus ist die Gefahr, sondern auch die Vereinsamung.

Ich danke Ihnen herzlich – ohne Abstriche und Einschränkungen –, daß Sie es tun, daß Sie es immer noch und trotzdem tun. Ich danke Ihnen im Namen der Leser, die auf Sie angewiesen sind. Ich danke Ihrem Verband und gratuliere ihm.

Was bleibt uns?

Wohl doch nur, daß wir es tun.

Tun wir es doch!

1983

Die Aufgabe des Staates in einer sozialen Gesellschaft

Vor drei Jahren bin ich in Bellach, wo ich wohne, von Haus zu Haus und von Tür zu Tür gelaufen, um Unterschriften zu sammeln für eine kantonale Reichtumssteuer-Initiative. Mit viel Angst übrigens, ich bin ein schlechter Hausierer und störe ungern Leute an den Türen. Immerhin, mit der Zeit wurde ich fast etwas euphorisch. Es machte mir nach und nach Spaß, mit den Leuten über Politik zu sprechen, und ich war auch überrascht, wie freundlich ich behandelt wurde. Zudem war ich recht erfolgreich, und die Liste füllte sich nach und nach. Meine Argumente schienen einzuleuchten, und ich glaubte schon an den kommenden Abstimmungssieg.

Ganz nebenbei – das ist nicht die Geschichte, die ich erzählen will –: Einer lehnte die Unterschrift ab mit der Bemerkung, er habe eben seinen Lottozettel ausgefüllt, und er wisse ja nicht, ob er am Montag auch ein Reicher sei. Die Hoffnung auf den Zufall ist nach wie vor der größte Feind des Sozialen, und für die meisten bedeutet Freiheit nichts anderes als das Recht, ein Reicher zu werden.

Aber jetzt die Geschichte, die ich erzählen will.

Eines Abends – es war die letzte Tür, an der ich klingelte – öffnete eine Frau, und auch sie hörte sich mein Sprüchlein an, daß ich von der Sozialdemokratischen Partei käme, daß wir hier eine Reichtumssteuer-Initiative ergriffen hätten usw. Sie begriff wenig oder nichts, sagte, daß sie allein sei mit ihrer Tochter, kein Mann im Hause sei usw. Daß die Armen zu viel und die Reichen zu wenig Steuern zahlen müssen, das begriff sie, hatte aber keine Ahnung davon, was eine Initiative ist und was mit dieser Unterschrift nun geschehen würde. Ich erklärte alles noch einmal, und sie griff bereits nach meinem Kugelschreiber.

In diesem Augenblick stürzte eine zweite, jüngere Frau aus dem Zimmer und schrie: »Nein, Mutter, unterschreib nicht, das geht uns nichts an – die werden uns nicht helfen, auch *die* werden uns nicht helfen!«

Die junge Frau, vielleicht gegen dreißig, war – ich kann das nicht anders sagen – erschreckend häßlich. Nicht etwas war an ihr, das man auch nur als einigermaßen angenehm hätte bezeichnen können.

Ich versuchte auch ihr zu erklären, um was es gehe, aber sie schrie nur und beschimpfte mich.

Und plötzlich sagte sie: »Was ich brauche, das ist ein Mann, und ich bekomme keinen – schaun Sie mich an, wie ich aussehe, da kann mir Ihre Scheißpolitik nicht helfen.«

Und sie schlug die Tür zu.

Ich bin nach Hause gegangen, habe anderntags meine Unterschriftenbogen abgeliefert, und meine politische Euphorie war weg. Offensichtlich habe ich eine Grenze der Sozialpolitik erlebt. Offensichtlich ist es nicht möglich, daß wir durch gemeinsame Anstrengungen alle Menschen zu glücklichen Menschen machen können. Offensichtlich kann kein sozialer Staat dieser Frau wirklich helfen.

Also aus, Schluß, und das einzige, was uns bleibt, ist mit Gott zu hadern, der nicht gerecht sein will, und uns hinzugeben der liberalen Lotto- und Totopolitik.

Nicht nur, daß diese Frau keinen Mann bekommt. Sie wird auch bei jeder Amtsstelle nicht so sorgfältig behandelt werden wie ihre schöne, lustige und freundliche Nachbarin. Selbstverständlich wird jeder Beamte versuchen, gerade an ihr Gerechtigkeit zu üben, aber es wird ihm halt eben schwerfallen.

Ich habe diese Geschichte keineswegs erzählt, um die Unmöglichkeit einer sozialen Gesellschaft aufzuzeigen, sondern nur, um darauf hinzuweisen, wie weit wir davon entfernt sind. Denn der Beweis, daß eine soziale Gesellschaft dieser Frau helfen könnte, liegt bereits vor – nämlich darin, daß ein Mann in dieser von Männern bestimmten Gesellschaft günstigere Qualitätsmaßstäbe beansprucht. Er braucht nicht schön zu sein. Er kann auch stark sein oder gescheit, einflußreich, beachtlich, interessant, mächtig, brutal, nett. Die schreckliche Nase von Heinrich Gretler macht seinen Kopf zu einem Charakterkopf, es ist vorstellbar, daß er dadurch sogar begehrenswert wird. Keine Frau der Welt könnte aus einer solchen Nase Kapital schlagen.

Jedenfalls ist es nicht Natur, daß es sich die Männer auf dieser Welt etwas günstiger eingerichtet haben – so wenig es Natur ist, daß selbst die Sprache die Frauen verhöhnt.

Nun heißt mein Thema ja nicht einfach »Die soziale Gesellschaft«, sondern »Die Aufgabe des Staates in einer sozialen Gesellschaft«. Sie können mich mit Recht fragen: »Was hat der Staat mit diesem speziellen Problem der häßlichen Frau zu tun?«

Bestimmt, er wird ihr heute nicht helfen können und auch nicht morgen. Aber ich verdächtige ihn, diesen Staat. Nicht etwa die Schweiz oder den Staat Solothurn, sondern den Staat ganz allgemein – wo er sich auch immer befindet und wie er auch immer aussieht. Ich verdächtige ihn, daß er mit sogenannten natürlichen Ungerechtigkeiten rechnet und auf sie baut.

Er baut darauf, daß es keine Gleichheit gibt, daß die Ungleichheit natürlich sei; das entbindet ihn von seiner eigenen Forderung der Egalité. Er baut darauf und rechnet damit, daß nicht alle Unzufriedenen mit gleichem Recht und gleichem Gewicht etwas von ihm fordern. Am meisten Forderungsrechte hat die unzufriedene Elite, also jene, die durch die gesellschaftlichen Bedingungen zum vornherein privilegiert sind.

Zu einer solchen Elite kann ohne weiteres auch die schöne Frau gehören, wenn auch in sehr beschränktem Maße, weil sie trotz ihrer Schönheit unter Umständen in der Rangordnung hinter dem häßlichsten Mann zurückbleibt.

Gut, ich will nicht dauernd literarisch trotzen, das Stichwort muß ja in diesem Zusammenhang einmal fallen: Privilegierte, Elite – wer anderes ist das als die Reichen. In einer Gesellschaft, in der sich Erfolg bezahlt macht und bezahlt wird, wird jede Qualität letztlich an der Kapitalkraft des Trägers sichtbar. Und wenn jeder Bürger vor dem Gesetz gleich ist – und das ist er in unserem Land –, dann ist er es doch nicht vor dem Staat. Das würde heißen, daß es einen Unterschied gibt zwischen Staat und Gesetz – ich werde noch darauf zurückkommen.

Vorläufig nur das: die Vorteile, die ein Reicher in unserer Gesellschaft hat, sind zuerst finanzieller Natur. Er kann sich was leisten, nicht nur körperliche Wohltaten, auch geistige. Er kann sich zum Beispiel auch Freunde leisten, er hat – Risiko hin oder her – eine gesicherte Zukunft, ein gesichertes Alter, obwohl er sich darüber beklagen wird, daß er ebenso krank und gebrechlich werden kann wie ein Armer und ebenso unglücklich, und er glaubt auch, daß die Märchen von der glücklichen Armut die Regel seien.

Gut, primär sind seine Vorteile finanzieller Art. Wären das seine einzigen Vorteile, es wäre wohl kaum ein Problem – oder wenn, ein Problem von relativ kurzer Dauer. Sein Hauptvorteil aber ist kein finanzieller, sondern ein gesellschaftlicher. Kapitalkraft ist in unserer Gesellschaft ein Leistungs- und Erfolgsausweis. Selbst dann, wenn das Kapital von den Ahnen und Urahnen stammt: Finanzadel ist kein zufälliger Ausdruck, das gibt es.

Wie gesagt, vor dem Gesetz sind wir alle gleich. Trotzdem gibt es kein Gesetz, das etwa regelt, wer von einem Regierungsrat, von einem Bundesrat, von einem hohen Staatsbeamten, von einem Parlamentarier empfangen wird, besucht wird, mit ihm befreundet sein kann. Wie wollte man so etwas überhaupt regeln? Zudem, und jetzt kommt der verdammte Haken: es kann absolut soziale Gründe haben, wenn ein Regierungsmann mit einem Multimillionär spricht, verhandelt oder ihm gar nachgibt, denn der Reiche hat etwas in die Waagschale zu werfen: Arbeitsplätze zum Beispiel, Sozialprodukt, Steuerkraft. Vor dem Gesetz ist das Hundertfrankenproblem des Armen zwar dasselbe wie das Millionenproblem des Reichen, aber nur vor dem Gesetz, nicht vor dem Staat.

Ich müßte auch lügen, wenn ich behaupten würde, die Reichen seien in der Regel unangenehme Menschen. Sie haben Umgangsformen, auch die können sie sich leisten, und es ist keineswegs so, daß sie dumm wären. Im Gegenteil, in der Regel sind sie geübt im Gespräch, haben Bildung – auch die kostet etwas, und leider nicht nur Geld, sondern auch Selbstvertrauen. Wer nur mit Gescheiten und Gebildeten reden will, hält sich mit Vorteil an die Reichen.

Ich weiß, es gibt dumme und strohdumme Reiche. Aber das muß man doch einmal sagen: sie sind die Ausnahme – auch wenn jeder von Ihnen einen oder mehrere mit Namen nennen könnte. Und selbst diese Ausnahmen haben in unserer Gesellschaft mehr Vorteile und Privilegien als nur finanzielle. Nicht vor allem das Gesetz privilegiert sie, aber der Staat tut es bestimmt.

Ist dem so, dann sind Staat und Gesetz nicht dasselbe. Und wenn das Gesetz die Legalität ist, dann ist dieser Staat...«

Ich breche den Gedanken hier ab, weil ich weiß, daß das eine weit hergeholte Konstruktion ist, die wenig taugt. Ich würde wohl auch kaum einen Staatsrechtler finden, der einem solchen Gedanken seine Berechtigung zugestehen würde. Aber immerhin fände ich wohl auch keinen Staatsrechtler, der behaupten würde, der Begriff »Rechtsstaat« sei etwas Einfaches und Recht sei einfach, wenn Recht sei.

Aber lassen wir das. Ich kann zur Diskussion über den Rechtsstaat wenig beitragen, ich habe nur einige unformulierte Bedenken und kriege ab und zu so etwas wie Hühnerhaut, wenn ich den Ausdruck höre. Ich habe zum Beispiel den Ausdruck »Verletzung der Rechtsstaatlichkeit« noch nie im Zusammenhang mit einem Straßenverkehrsdelikt oder einem Einbruch oder Raub gehört. Davon hört man nur, wenn sich der Staat persönlich tangiert fühlt.

»Der Staat persönlich« – eine eigenartige Bezeichnung für ein Abstraktum. Wer ist das, dieser Staat? Wir haben es alle in der Schule brav gelernt, wir wissen als gute Demokraten, wer das ist: Das sind wir, niemand anderes als wir sind dieser Staat. Aber dieser Staat – ich spreche nicht vom Staat Schweiz, sondern einfach vom Abstraktum Staat – sind nicht nur wir. Er hat auch eine jahrhundertealte Herkunft, er ist zum Beispiel durch den Feudalismus hindurchgegangen und hat noch seine Zöpfe. Es kommt nicht von ungefähr, daß alle Staaten, sozialistische, liberaldemokratische, liberalkapitalistische und faschistische, ihre Gemeinsamkeiten haben, sich zwar unterscheiden in einzelnen Gesetzen, sich aber optisch doch immer wieder erschreckend gleichen. Es gibt so etwas wie eine Staatsinternationale. Sichtbar wird das in der Internationalen des Militärs – ich meine auch das optisch –, es wird sichtbar in Staatssymbolen, von der Fahne bis zur Landeshymne. Es wird sichtbar in den staatlichen Repräsentationen, in der Diplomatie zum Beispiel.

Eines haben alle Staaten gemeinsam. Sie glauben, an und für sich nicht nur *etwas*, sondern *jemand* zu sein. Ein Staat ist nicht nur eine Institution, die Aufgaben zu erfüllen hat. Ein Staat glaubt mehr zu sein als eine pragmatische Institution, mehr als ein Dienstleistungsbetrieb für die Bürger.

So kam es denn, daß der Staat Qualitäten beanspruchte, die ihm gar nicht zustehen, sondern worüber jeder einzelne Mensch selber zu entscheiden hätte.

Ein Beispiel dafür: Der Staat beansprucht die Qualität »Heimat«. Er suggeriert dem Bürger, daß die zufälligen oder historischen politischen Grenzen eines Landes auch die Grenzen seiner persönlichen Heimat seien. Dabei ist persönliche Heimat etwas ganz anderes. Es kann zwar eine größere oder kleinere Landschaft oder Gegend sein. Es wird in der Regel die Mutter, die Frau, die Geliebte, die Familie sein oder der Kegelklub oder der Gesangverein.

Daß all das auch durch den Staat bestimmt und beeinflußt wird, das ist zwar klar, aber es gibt ihm noch lange nicht das Recht, sich als Heimat zu bezeichnen.

Immerhin agiert dieser Staat trotzdem mit Begriffen wie »Heimatlose Gesellen«, und Begriffe wie »Vaterland« oder »Heimat« stehen – zum Beispiel bei Dienstverweigerungsprozessen – auch für den Staat zur Diskussion.

Ich glaube, hier wäre vielleicht ein Ansatzpunkt für die Diskussion um den Rechtsstaat. Hier irgendwo liegt der Grund, weshalb wir mit dieser Diskussion so sehr Mühe haben: Dieser Staat besteht nicht nur aus dem gesetzlich Festgelegten, er hat auch noch einen Nimbus und eine Tradition. Er ist und bleibt etwas furchtbar Ehrwürdiges und fordert, auch unabhängig von seinen eigentlichen Leistungen, Respekt.

Dafür kann kein heute Lebender verantwortlich gemacht werden. Kein Politiker hätte die Möglichkeit, es zu ändern.

Ich bin auch dagegen, Dinge ändern zu wollen, die man nicht verändern kann. Man kann das auch mit einem demokratischen Entscheid und neuen Verfassungsartikeln nicht ändern, weil wir nur die Gesetze beeinflussen können und nicht jenen staatlichen Überbau.

Man erzählt uns in der Demokratie allzuoft, daß der Staat nichts anderes sei als unser gemeinsamer Wille. Daß wir alles in diesem Staat in den Händen hätten, ändern könnten. Daß die Volksrechte, zum Beispiel hier in der Schweiz, voll ausgebaut seien. Aber allzuoft wird der Bürger – die Gesellschaft also – recht zynisch auf diese Volksrechte aufmerksam gemacht. So in der Art »Macht doch eine Initiative, wenn es euch nicht paßt, und dann werden wir schon sehen«. Dahinter steckt der nicht ausgesprochene

Vorwurf, daß es nicht die feine Art sei, eine Initiative zu ergreifen.

Ein zweites Beispiel dazu: die inzwischen sattsam bekannte Klage über die Stimmabstinenz, die dann der Einfachheit halber Stimmfaulheit genannt wird. Die Bezeichnung »Stimmfaulheit« heißt nichts anderes, als daß der Bürger eine Pflicht gegenüber dem Staat nicht erfüllt. Daß derjenige, der nicht zur Abstimmung geht, dem Staat vielleicht etwas ganz anderes mitteilen möchte als »Ja« oder »Nein« – oder ihm vielleicht gar nichts mitteilen möchte –, das läßt man beiseite.

Die Skepsis der Bürger bezieht sich aber vielleicht nicht in erster Linie auf diese Gesetze, sondern auf jenes unbestimmbare Vakuum, das erst – selbstverständlich mit den Gesetzen zusammen – diesen Staat ausmacht. Denn dieser Staat bleibt – auch wenn er von Menschen gemacht und durch Menschen bestimmt wird – ein Abstraktum. In Diktaturen ist das selbstverständlich, in Demokratien vergißt man es oft allzuleicht.

Ich weiß, das gehört nicht zu meinem Thema.

Wenn wir formulieren können »Die Aufgabe des Staates in einer sozialen Gesellschaft«, dann behauptet dieser Titel bereits, daß Gesellschaft und Staat zwei Dinge sind. Wäre es nicht so, dann könnten wir formulieren »Die Aufgaben eines sozialen Staates« oder »Die Aufgaben einer sozialen Gesellschaft«.

Nun könnte ich wohl ebenso lange und unnütze Überlegungen darüber anstellen, was das eigentlich sei, »die Gesellschaft«. Man könnte zum Beispiel die Frage stellen, ob der australische Ureinwohner, der noch in der Steinzeit lebt, auch dazugehöre, ob also der Begriff »Gesellschaft« identisch sei mit Menschheit. Eigentlich müßte er es sein, aber wir kommen wohl doch nicht weiter so.

Vielleicht könnte man es damit versuchen, daß die Gesellschaft aus jenen besteht, die in irgendwelcher Form, vielleicht auch nur durch ihre Präsenz, Ansprüche an die Allgemeinheit stellen. Dann können wir nur feststellen, daß die Gesellschaft in den letzten hundert Jahren, aber auch in den letzten fünf Jahren größer geworden ist.

Vor hundert Jahren begann das Proletariat in den Industriestaaten, Ansprüche an die Allgemeinheit zu stellen. Und seit fünf Jahren – ich setze diese Zahl bewußt so klein an, um darauf hinzuweisen, daß wir erst am Anfang dieser Forderungen stehen – gibt es die Ansprüche der Dritten und Vierten Welt. Die Gesellschaft ist nicht nur größer geworden durch Geburtenüberschüsse, sondern vor allem dadurch, daß immer mehr Gruppen, unterprivilegierte Gruppen, sichtbar werden und ihre Rechte fordern.

Wir wissen alle, daß es uns bis heute – selbst national – nicht gelungen ist, diese Forderungen zu erfüllen. Was wir zusätzlich noch wissen müssen, ist, daß noch lange nicht alle ihre berechtigten Forderungen gestellt haben.

Im übrigen – das Utopische in meinem Thema liegt nicht vor allem auf der Seite »Staat«, sondern auf der Seite »Gesellschaft«. Und realistisch formuliert, würde mein Thema heißen: »Was wären die Aufgaben des Staates, wenn eine Gesellschaft sozial sein möchte?«

Also, was ist die soziale Aufgabe des Staates?

Die Antwort ist einfach. Wir haben es auch in der Schule gelernt: sein Ziel heißt Freiheit.

Freiheit heißt: ohne Angst leben können.

Freiheit heißt: eine Zukunft haben.

Freiheit heißt: ein lebenswertes Leben führen können.

Freiheit heißt: die Möglichkeit haben, sich selbst zu verwirklichen.

Einen guten Teil dieser Dinge kann man sich in unserer materialistischen Gesellschaft kaufen. Da gibt es nichts zu rütteln dran: die Antwort heißt Geld.

Und wir haben zwei Lösungsmöglichkeiten: Entweder wir verhelfen jedem zu so viel Geld, daß er sich das alles kaufen kann, zum Beispiel ein gesichertes Alter. Oder wir kaufen das alles gemeinsam ein – Bildung, Arbeitsplatzsicherung, Alterssicherung – und verteilen es gerecht unter alle.

Die erste Lösung – sie wird uns gegenwärtig immer wieder vorgegaukelt – ist nicht praktikabel, weil sie bedingt, daß man aus sämtlichen Leuten Reiche machen müßte. Das heißt, jeder müßte wesentlich mehr besitzen, als er benötigt. Es ist eine Lüge, daß sich jemand selbständig sozial absichern kann, wenn er ein genügendes Einkommen hat. Sozial absichern kann er sich nur mit immensen Überschüssen. Die Güter der Welt sind aber beschränkt, und Reichtum für alle ist eine Illusion.

Die zweite Lösung, die gemeinsame: Sie haben alle mit Politik zu tun, Sie wissen, wie weit wir davon entfernt sind, und ich weiß, daß ich nicht mit ein paar Wörtern die Welt verändern kann.

Ich ziehe es vor, weiterhin auf mein literarisches Recht zu pochen und am Thema vorbeizusprechen.

Freiheit gibt er, will er geben, dieser Staat. Kein Staat der Welt spricht und handelt im Namen der Unfreiheit. Jeder ist auf dem Weg zu einer Freiheit. Zu der Freiheit, die er meint. Und Freiheit bedeutet so viele Dinge, daß sie als Begriff unverantwortlich unbrauchbar ist.

Freiheit bedeutet frei sein von den Habsburgern – das haben wir wohl auf ewige Zeiten geschafft. Oder Freiheit bedeutet das verfassungsmäßige Recht für jeden, ein Reicher werden zu können, wenn er es schafft, oder ein Armer bleiben zu dürfen. Freiheit, das haben wir auch gelernt, bedeutet Verzicht zugunsten der Allgemeinheit. Aber wie viel Verzicht? Uns wird er offensichtlich zu groß, wenn die Verteilung zu breit ausfällt.

Der Slogan der CDU in Deutschland heißt »Freiheit oder Sozialismus«. Entweder oder. Mit Freiheit ist alles zu machen. Wollt ihr eine Krankenversicherung oder wollt ihr die

Freiheit? Wollt ihr ein Raumplanungsgesetz oder wollt ihr die Freiheit? Wollt ihr den Gesamtarbeitsvertrag oder wollt ihr die Freiheit? Und im Chor antwortet das Volk: »Wir wollen frei sein, wie die Väter waren.« So haben wir's gelernt.

Ein Staat – nicht unser Staat, sondern die Staaten alle –, der mit dem Wort Freiheit operiert, betrügt seine Bürger.

Seien wir ehrlich, was er anzubieten hat, sind nicht kleine Freiheiten, sondern kleine Unfreiheiten. Ich habe mit dem Auto rechts zu fahren, ich habe nüchtern zu fahren, ich habe Militärdienst zu leisten, meinen Steuerzettel auszufüllen, die Steuern zu zahlen. Der Staat begegnet dem einfachen Bürger nicht dann, wenn er ihm Freiheit gewährt, sondern dann, wenn er sie ihm beschränkt.

Sicher, er tut es, um die Freiheit aller einigermaßen zu garantieren, um Freiheiten zu verteilen. Aber er kommt nicht drum herum – ich meine das nicht kritisch oder zynisch –, jedesmal gleichzeitig von Opfern und Verzicht zu sprechen, wenn er von Freiheit spricht. Und letztlich bleibt uns nur *eine* Freiheit ganz und uneingeschränkt: die Freiheit von den Habsburgern oder entsprechenden Figuren in andern Staaten. Denn mit dem Wort »Freiheit« läßt sich nur *ein* Zustand einigermaßen umschreiben, der Zustand der politischen Unabhängigkeit. Wie wenig das bedeutet, zeigt der Umstand, daß es genügend unabhängige Länder gibt, die wir als unfrei bezeichnen.

Freiheit ist als politischer Begriff unbrauchbar, und er entstammt jenem Vakuum zwischen Gesetz und Staat, aus dem undefinierbares Nationalgefühl, Patriotismus, Nationalstolz entspringen. Der Begriff Freiheit ist politisch etwa zwischen Nationalhymne und Olympiamedaille einzuordnen.

Nehmen wir das Raumplanungsgesetz. Die einen – die Befürworter – verstehen unter Freiheit die Möglichkeit, eine Zukunft für alle und ein Überleben zu planen. Die andern kämpfen mit dem pervertierten Begriff Freiheit dagegen, weil sie den Preis, das Opfer für die Freiheit, als Unfreiheit empfinden.

So kommt es zu diesen unsinnigen Alternativen: »Sozialismus oder Freiheit«, »Krankenversicherung oder Freiheit« usw. Da nützen alle schulmeisterlichen Bemühungen nichts, die versuchen, den Preis der Freiheit zu erklären, die zu erklären versuchen, daß allgemeine Freiheit nur möglich sei, wenn sich jeder einzelne zum Wohle der Allgemeinheit einschränke. Der Begriff ist ganz einfach untauglich für das, was wir meinen.

Es gibt aber einen Begriff, der genau das trifft, nämlich dieses Verteilungsproblem von Lebensraum und persönlicher Freiheit. Er heißt Solidarität.

Das ist ein politischer Begriff. Wenn wir von ihm gehört hätten in der Schule und nicht von diesem nationalistischen Begriff der Freiheit, dann würde einiges anders aussehen. »Sozialismus oder Solidarität«, »Krankenversicherung oder Solidarität«: das sind keine Wortpaare mehr, die so tun, als wären sie Alternativen. Und zudem ließe sich Solidarität auch viel genauer gesetzlich festlegen als jene Freiheit, die aus dem nationalen Vakuum stammt.

Reaktionäre Politiker haben es aber darauf angelegt, genau in diesem nationalen Vakuum zu politisieren. Die Begriffe Freiheit, Heimat, Vaterland müssen jederzeit und für jedes Ding herhalten. Alles geschieht zum Schutze der Heimat, zum Schutze der Freiheit, zum Schutze des Vaterlandes.

Deshalb auch stehen sich Fortschrittliche und Reaktionäre immer wieder so verständnislos gegenüber. Sie betreiben nicht nur eine unterschiedliche Politik, sie betreiben sie auch in zwei völlig verschiedenen Räumen: die einen in jenem nationalen Vakuum, das eine Sache des Gefühls, der unbestimmten Tradition ist, die andern im Raume des rationalen Rechts.

Eines scheint mir völlig klar zu sein. Sozialpolitik läßt sich nur im Raume des Rechts betreiben. Soziale Maßnahmen bedürfen der exakten gesetzlichen Regelung. Die Liste der sozialen Aufgaben des Staates ist auf dieser gesetzlichen Ebene schnell bereinigt. Der Staat hat keine andern Aufgaben – und er hat nicht das geringste Recht, irgend etwas zu tun, was er nicht als soziale Aufgabe begründen kann.

Um ein Beispiel zu nennen: auch Landesverteidigung kann ihre Begründung nur und ausschließlich im Sozialen haben. Sie kann dann begründet werden, wenn wir eine bessere Sozialgesetzgebung gegen eine schlechtere, die uns aufgedrängt werden könnte, verteidigen wollen. Wer etwas anderes, nämlich Nation oder Vaterland, verteidigen will, der verteidigt ein Phantom, ein Vakuum, einen luftleeren Raum.

Ich verzichte auf weitere Beispiele. Aber ich bitte Sie, darauf zu achten, wie viele Politiker sich augenblicklich in jenes nationale Feld absetzen, wenn ihnen die Argumente gegen ein Sozialgesetz ausgehen.

Wenn wir *ihr* Verständnis von Freiheit nehmen, dann gibt es wirklich eine Alternative, nämlich die Alternative »Freiheit oder Solidarität«. Freiheit ist der Begriff aus dem abstrakten und pathetischen Staatsbereich, Solidarität ein Begriff aus dem realen und pragmatischen Bereich des Staates. Einer für alle, alle für einen: nur kriegsgierige Haudegen können darunter etwas anderes verstehen als Solidarität.

Aber Solidarität ist nicht einfach. Und es hilft nichts, wenn wir nur die Begriffe austauschen. Solidarität fordert den Einbau der Sozialmaßnahmen in den Zusammenhang mit allem. Solidarität ist eine Planungsfrage.

Nehmen wir als Beispiel eine Forderung, die gerade heute in sozialistischen Parteien und in den Gewerkschaften häufig diskutiert wird: die Forderung, das *Recht auf Arbeit* in der Verfassung zu verankern.

Mir persönlich leuchtet diese Forderung ein, ich bin dafür. Aber das könnte sehr schnell eine recht gefährliche Forderung werden, nämlich dann, wenn wir dieser Forderung nicht ihren Stellenwert geben, wenn wir nicht zugleich sagen, unter was für Bedingungen wir dieses Recht wollen. Der Staat könnte unsern Auftrag falsch verstehen und ihn national, nationalistisch lösen. Wir sehen schon heute, wie leicht es unserm Staat fällt, Waffenausfuhrbewilligungen zu erteilen. Hätten wir in unserer Verfassung das verbürgte Recht auf Arbeit, ich bin überzeugt, jede Waffenausfuhrbewilligung würde mit diesem Recht begründet. Unsere Forderung nach einem Recht auf Arbeit könnte bei einer nationalistischen Lösung den Tod für andere bedeuten.

Das Recht auf Arbeit ist nur dann eine soziale Forderung, wenn sie im Geiste internationaler Solidarität gefordert und gehandhabt wird – erst dann also, wenn auch der Arbeiter in armen Ländern nicht darunter zu leiden hat.

Das ist eine immense Forderung, weil sie die Forderung nach einer sozialen Gesellschaft enthält. Denn wenn wir mit diesem Recht die Arbeitsplätze in andern Ländern gefährden würden, dann würde diesen Ländern das Geld fehlen, um unsere Produkte zu kaufen, und damit wären unsere Arbeitsplätze wiederum gefährdet, und der nationale Staat wäre verpflichtet, sich gegenüber den andern möglichst rücksichtslos zu verhalten.

Bei der Verbindung der Begriffe national und sozial kommt letztlich immer Nationalsozialismus heraus.

Denn gegenüber den armen Ländern sind wir – die Schweiz als Ganzes – die Reichen. Uns fällt es als Land mindestens so schwer, zu verzichten, wie einem privaten Reichen. Zudem sind die Forderungen, die an diesen Reichen – an ein reiches Land – gestellt werden, exterritorial. Wir brauchen diese Forderungen nicht zu erfüllen, und wir tun es auch nicht.

Sie kennen den Satz »Wir haben genügend Arme im eigenen Land«. Er klingt so, als müßten wir hier ein wenig Armut hätscheln und am Leben erhalten als Alibi.

Vielleicht auf diesem Umweg wäre der Verdacht, den ich anfangs äußerte, begründet: der Verdacht, daß ein Staat auf Ungerechtigkeiten baut und auf sie vertraut.

Um beim Beispiel Entwicklungshilfe zu bleiben – gut, der Staat kann sagen: »Wir möchten schon, aber unsere Gesellschaft will nicht.« Ich bin nicht so sicher, ob wirklich unsere Gesellschaft diesen Staat gemacht hat, oder ob nicht vielmehr der Staat diese Gesellschaft geformt hat, mit seinen Schulen zum Beispiel – und noch viel mehr mit den Schulen und den Schulungsmöglichkeiten, die fehlen. Denn als hochentwickeltes Land hätten wir die Pflicht, jeden einzelnen auch zum hochqualifizierten Arbeiter auszubilden. Wenn wir es nicht tun, dann müssen in unserm Land auch jene Arbeiten von Hilfskräften ausgeführt werden, die ebensogut oder besser von Arbeitern in unterentwickelten Ländern ausgeführt werden könnten.

Also auch eine bessere Ausbildung für jeden Schweizer wäre unter Umständen Entwicklungshilfe. Ein Argument dagegen könnte lediglich die Autonomie, die Unabhängigkeit unserer Wirtschaft sein. Ein Wirtschaftsvertreter wird sagen – und ich habe ihn das auch sagen gehört im Nationalrat –, daß wir eben auch unqualifizierte Arbeiter brauchen und daß eine Arbeitsteilung zwischen Industrieländern und Entwicklungsländern unsere wirtschaftliche Unabhängigkeit gefährden würde.

Das sagt dieselbe Wirtschaft, die längst ihre eigenen Vorteile im Internationalismus, in den multinationalen Gesellschaften entdeckt hat. Sie plädiert zu Hause – wo sie jeweils auch ist – für Nationalismus, für Heimat und Vaterland. Damit hält sie den Staat, den Gesetzgeber, die Legalität in Grenzen – genau in jenen Grenzen, die es für diese Wirtschaft längst nicht mehr gibt. Sie sperrt die Staaten in ihren eigenen Grenzen ein und entflieht ihnen. Die Begriffe Heimat und Vaterland und Freiheit dienen jenen, die mit dem Unterbau des Staates, den solidarischen Gesetzen, in Konflikt geraten. Den Staat in den nationalen Grenzen halten und internationale Geschäfte machen: so heißt die Parole.

Man kann es der Wirtschaft nicht übelnehmen, daß sie die Internationalität längst entdeckt hat. Man kann es nur den Staaten übelnehmen, daß sie sie verschlafen haben, verschlafen zugunsten der Wirtschaftsfreiheit, die das Gesetz hinter den nationalen Grenzen zurückgelassen hat.

Was Heimat diesen Leuten bedeutet, wird klar, wenn man hört, daß ein ehemaliger Generalstabsoffizier erklärt, er würde seinen Wohnsitz ins Ausland verlegen,wenn sich die Demokratie für die Reichtumssteuer entschiede!

Immerhin behauptet er, oder wird behauptet, daß die *Demokratie* zu verteidigen sei. Aber sie ist offensichtlich nur dann etwas wert, wenn sie das Land so beläßt, wie sich der Generalstabsoffizier die Heimat vorstellt. Die Arbeiter, die auch schon oft – und oft ohne ihr Wissen – bei Abstimmungen verloren haben, sind alle noch da.

Wer der Staat auch immer ist, wir vielleicht: Im Grunde genommen fehlen ihm die Voraussetzungen, sozial zu sein. Es grenzt an ein Wunder, daß er es trotzdem ist.

Fast alle hier im Saal haben in irgendeiner Weise mit diesem Staat zu tun, diesen Staat zu vertreten. Ich habe nicht die geringste Absicht, Sie zu beschimpfen. Im Gegenteil. Sie alle arbeiten für den Staat, der sozial sein möchte. Ihre Arbeit ist Sozialarbeit. Ich weiß, daß Sie es nicht leicht haben als Sozialarbeiter. Ich weiß, daß Sie für Dinge Ihren Kopf herhalten müssen, mit denen Sie nichts zu tun haben. Vielleicht haben Sie ab und zu auch den Eindruck, daß Sie in einem Vakuum arbeiten, und vielleicht leiden Sie auch unter jenem undefinierbaren Feld, das sich Nation nennt.

Ich habe zwar von Leuten gehört, die mit Ihnen – den Beamten – schlechte Erfahrungen gemacht haben. Ich kann Ihnen sagen, ich persönlich habe mit Beamten keine schlechten Erfahrungen gemacht. Jedenfalls laste ich es nicht einem Beamten an, wenn mir seine Anweisung nicht einleuchtet. Ich laste es auch nicht einem Reichen an, wenn er reich ist. Ich bin dem Staat böse, wenn es Privilegierte gibt, nicht den Privilegierten persönlich. Und ich möchte Ihnen hier als Bürger dieses Landes danken für Ihre Arbeit, weil Sie genau dort arbeiten, wo mich dieser Staat interessiert, in seinen Gesetzen, in seiner Legalität. Sie sind weder Heimatsbeamte noch Vaterlandsbeamte, sondern Angestellte eines Dienstleistungsbetriebes, den wir gemeinsam betreiben.

Wäre der Staat nicht mehr, wir wären ein gutes Stück weiter. Die Heimat und das Vaterland, die brauchen nämlich kein Geld. So ein paar rote Tücher mit weißen Kreuzen und, wenn Sie wollen, ein Alphorn – ich mag Alphörner – sind schnell gekauft. Geld braucht der Staat ausschließlich nur dann, wenn es darum geht, Rechte und Güter zu verteilen – Bildung zu verteilen, gesichertes Alter zu verteilen, Lebensqualität zu verteilen. Oder dann halt – ich denke ans Militär –, Rechte und Güter zu verteidigen, wobei ich allerdings bei der Verteidigung von Rechten und Gütern nur an die verteilten denke. Darin – das weiß ich – unterscheide ich mich von bürgerlichen Ansichten. Wenn schon, dann sind die unverteilten Güter nur aus einem Grund verteidigungswert, nämlich, weil sie noch verteilt werden könnten.

Ich unterschiebe dem Staat, daß er sozial sein möchte. Es ist mein gutes Recht, ihm das zu unterschieben. Und ich bin davon überzeugt, daß ihn daran nichts so sehr hindert wie der sentimentale nationale Überbau. Die Bevölkerung jedenfalls, das ist etwas anderes als die Nation. Und zum mindesten in einer pluralistischen Gesellschaft empfinde ich es als Beleidigung, wenn man Menschen als Volk bezeichnet und nicht als Leute.

Ich komme zum Schluß. Sie hätten nun Anrecht auf das

Positive. Oder zum mindesten ein Anrecht auf Vorschläge zum Thema, das ich mit meinem Referat verpaßt habe.

Ich habe versucht, zu Hause, stundenlang, zusammenzufassen. Ich wäre glücklich, wenn ich jetzt sagen könnte: Ich komme zum Schluß – ich fasse zusammen. Es gelingt mir nicht. Ich kann das nicht. Ich käme mir lächerlich vor, wenn ich hier für ein geeinigtes Europa oder eine geeinigte Welt plädieren müßte. Es würde mich nichts kosten, es zu tun.

Trotzdem möchte ich – ganz, ganz schüchtern und verschämt – für die Abschaffung des Vaterlandes, der Nation plädieren. Nicht mit Erfolgsaussichten, nur damit es gesagt ist.

Die Aufgabe des Staates in einer sozialen Gesellschaft? Vielleicht, sich selbst endlich aufzugeben zugunsten des Gesetzes, zugunsten der Solidarität, zugunsten eines pragmatischen Dienstleistungsbetriebes für die Bürger. In einem solchen Dienstleistungsbetrieb wären Steuern so selbstverständlich wie die Telefonrechnung.

Sie alle – ich habe Ihnen bereits gedankt hierfür – arbeiten für diesen Dienstleistungsbetrieb. Er sieht wesentlich besser aus als im nationalistischen 19. Jahrhundert. Der Dienstleistungsstaat ist gegenüber dem Vaterlandsstaat stärker geworden. Daran haben Sie Ihren Anteil. Ich danke Ihnen und möchte zum Schluß nur noch einmal erwähnen, daß am Anfang meines Referates eine häßliche Frau stand, der niemand helfen kann, und mein Referat wird ihr auch nicht helfen.

Sie steht immer noch dort, einsam und hoffnungslos. Und sie tut mir leid.

1976

Und ab und zu ein bißchen Erster Mai

Über Gewerkschaftsbewegung und Arbeitsfrieden

Als die Gazellen von den Löwen Mitbestimmung forderten, waren die Löwen dagegen. »Es kommt noch so weit, daß die Gazellen bestimmen, wen wir fressen«, sagten die Löwen.

Sie beriefen sich auf eine unverdächtige Studie des WWF und sprachen von Wildpartnerschaft bei klarer Aufgabentrennung: Fressen auf der einen Seite, Gefressen-Werden auf der andern Seite. »Denn«, so sagten sie, »es liegt doch auf der Hand, daß einer nicht zugleich etwas vom Gefressen-Werden und vom Fressen versteht, und der Entscheid, jemanden zu fressen, muß schnell und unabhängig gefaßt werden können.« Das leuchtete denn auch den Gazellen ein. »Eigentlich haben sie recht«, sagte eine Gazelle, »denn schließlich fressen wir ja auch.« – »Aber nur Gras«, sagte eine andere Gazelle. »Ja, schon«, sagte die erste, »aber nur weil wir Gazellen sind. Wenn wir Löwen wären, würden wir auch Gazellen fressen!« – »Richtig«, sagten die Löwen.

Vor den letzten Gemeinderatswahlen sagte Fritz, es müsse jetzt noch etwas geschehen. Drei Sitze mindestens müsse man jetzt noch dazugewinnen. Schließlich seien das die letzten Wahlen, die er erlebe, und er habe überhaupt genug.

Wir haben die Sitze nicht gewonnen.

Fritz ist gegen achtzig und schon lange mit dabei. Ein feuriger Sozialist, der die Sitzungen stört, mit allem und allen hadert, alt, einsam, verbittert, betrogen. Er flucht auf die Partei, er flucht auf die Gewerkschaft, flucht auf die Bürgerlichen, auf die Karrieregewerkschafter und auf das Lumpenproletariat. Nichts, überhaupt nichts mehr – was vor sechzig Jahren zum mindesten eine Hoffnung war. Damals die Internationale gesungen und »Brüder zur Sonne zur

Freiheit« und demonstriert und verprügelt worden dafür und ein roter Hund gewesen, und die Faust aus dem Sack genommen, und eine Wut gehabt, und diese Wut hieß Hoffnung.

Man hat ihm den Sieg versprochen damals, und man hat ihm den Kampf versprochen. Nun kam der Friede zu früh. Da kann man ja nicht dagegen sein, daß der Friede früh kommt. Man hat etwas erreicht mit dem Frieden – das will er nicht sehen, das geht ihn nichts an.

Sicher, auch er hat etwas gewonnen mit dem Frieden – eine AHV (Staatliche Alters- und Hinterlassenen-Versicherung) zum Beispiel und einiges mehr – aber Fritz hat mit dem Frieden etwas verloren, seine solidarischen Kampfgefährten, seine gerechte Wut, er hat seine Hoffnung verloren, die damals zwar auch nicht viel wert war, aber sie war etwas. Fritz hat eine Bewegung verloren, eine Heimat und sein Selbstbewußtsein, das man ihm eingehämmert hat damals und von dem man ihn hat singen lassen. Man hat ihm eingehämmert, ungeduldig zu sein, und dann hat man ihn dauernd zur Geduld gemahnt. Man hat ihm gesagt, daß unsere Wut unsere Hoffnung sei, und ihn dann aufgefordert, vernünftig zu werden.

Fritz ist sehr schwer zu ertragen. Er redet saudumm, ist sehr laut in der Wirtschaft, kann nicht zuhören, will nichts mehr hören, ist nicht orientiert, redet einfach daher und oft auch bürgerliches Zeug – ein schlechter Sozialdemokrat, ein halbherziger Gewerkschafter, ein Rückfälliger.

Und rückfällig ist er, weil man ihm das Selbstbewußtsein wieder genommen hat. Fritz ist wieder ein Lumpenproletarier. Die Befreiung des Proletariats, die fast nirgends so richtig funktionieren wollte, hat für ihn gar nicht funktioniert. Die Bewegung, die ihn stark gemacht hat, ist ihm davongeschlichen. Er ist noch in der Gewerkschaft – aber er flucht auf sie, er flucht auf alles.

Für politische Arbeit ist er nicht mehr zu gebrauchen.

Seine Faust ist wieder in seinem Sack, seine große Wut ist zu einem miesen Ärger geworden.

Ich bin ein Geschichtenerzähler. Geschichten erzählen hat zum mindesten etwas mit Unsicherheit zu tun und sehr wahrscheinlich sogar etwas mit schlechtem Gewissen. Man sollte nicht zu einem Geschichtenerzähler gehen, wenn man etwas über die Gewerkschaft erfahren möchte.

Aber gut, wenn einer kommt und mich fragt, ob er in die Gewerkschaft eintreten soll, dann sage ich »Ja, sicher«. Und wenn einer kommt und Schwierigkeiten hat mit seinem Arbeitgeber, dann frage ich ihn: »Bist du in der Gewerkschaft?« Und wenn er fragt »Warum?«, dann kann ich ihm sagen, warum. Und wenn er sagt, daß dies alles nichts nützt, dann kann ich ihm sagen, was es nützt. Aber wenn mich eine Gewerkschaft fragt, ob ich etwas über Gewerkschaften schreiben könnte für ihre Jubiläumsschrift, dann sollte ich eigentlich Nein sagen – aber es fällt mir schwer, einer Gewerkschaft Nein zu sagen.

Und nun sitze ich da, und es fallen mir nur Geschichten ein. Hier eine zweite, die erfunden ist und mit niemandem zu tun hat. Sie ist nur wahrscheinlich.

Vor bald vierzig Jahren wurde er zum Sekretär seiner Sektion gewählt. Die kleine Gruppe, die ihn unterstützte, konnte sich endlich durchsetzen gegen die Zaghaften und Zauderer. Gusti, fünfundzwanzig damals und harter Politik nicht abgeneigt, war die Hoffnung, und er hat geredet, und er hat mit der Faust auf den Tisch gehauen. Und er wußte etwas, kannte die Theorie und kam aus der Praxis. Und er war auch gefürchtet bei den andern. Es waren die ganz Jungen und die ganz Alten zusammen, die ihn wählten. Und es waren die Mittleren, die in der Stadt rumgingen, um sich bei allen Bürgern dafür zu entschuldigen, daß er gewählt wurde, und sie baten darum, daß man ihnen diese Wahl doch nicht übelnehmen solle, und man nahm sie ihnen nicht übel.

Und dann war es nichts als Arbeit. Beiträge und Buchhaltung und Auskünfte und Verhandlungen – und ab und zu ein bißchen Erster Mai. Und Sitzungen und Sitzungen und Sitzungen. Und der Versuch, es besser zu machen, es gut zu machen – und täglich die Vorwürfe, die Selbstvorwürfe und die Vorwürfe der andern und der Verdacht, daß er gekauft sei, und der Verdacht von Eigennutz, und ganz nebenbei eine gescheiterte Ehe, ein mißratener Sohn, eine mißlungene politische Laufbahn, und Beiträge und Sitzungen und Intrigen und Vorwürfe – und viel Einsatz und viel ehrliche Arbeit und ein bißchen Erschöpfung und ein bißchen zu viel Alkohol und Zigaretten und ein alter Mann geworden dabei – und Verbitterung. Die Verbitterung, wenn einer was Gutes sagt von der Gewerkschaft, und die Verbitterung, wenn einer auf sie flucht, und die Behauptung an der Delegiertenversammlung, daß das alles nicht sinnlos sei, und eine Wappenscheibe und einige Zinnbecher – und bald auch ein Nekrolog, geschrieben von einem Dauerfeind, in dem von Arbeiterbewegung und Tapferkeit die Rede ist und in dem sich das Wort »Konzilianz« wie eine Beschimpfung ausnimmt, und ein leeres Gefühl nach sehr viel Arbeit, und auf dem Büchergestell die Bücher von Marx und von Bebel und und – und die Überzeugung, daß es doch nicht ganz sinnlos gewesen sei, und die Lieder von damals – und ein Feldwebel ohne Armee.

Eine erfundene Geschichte. Ich akzeptiere es, wenn jemand kommt und sagt: Das gibt es gar nicht.

Aber weshalb muß politische Arbeit dauernd Opfer fordern? Weshalb ist es so edel, daran kaputtzugehen, sich aufzureiben, zerstört zu werden? Wer hat das erfunden, daß man an der Politik kaputtgehen muß, und warum?

Wie wäre es, wenn man einmal die Opfer in der Bewegung selbst zählen würde und dann so etwas wie eine Kosten-Nutzen-Analyse aufstellte?

Aus der Wut ist ein kleiner mieser Ärger geworden und aus der Bewegung eine Institution.

Das hat seine Gründe, seine guten Gründe. Eine Institution ist politisch stärker unter der Bedingung, daß sie es als Partner sein will.

Die Gewerkschaft ist keine revolutionäre Idee. Sie kann es nicht sein, und die Stärke der Gewerkschaft liegt nicht in ihrem politischen Credo, sondern in der Zahl ihrer Mitglieder. Diese Einsicht machte sie zur Institution, und die Gewerkschaftsbewegung ist eine Sache der Geschichte geworden, eine schöne Geschichte. Der Gewerkschafter Fritz hat noch einen Teil davon mitbekommen, und der Sekretär wurde durch sie, durch die Geschichte, motiviert und später durch die Institution zermürbt.

Die Institution fordert Opfer. Man vergißt das gern, und der Grund dafür ist Zermürbung und Verbitterung. Die Bewegung (der Wind) ist verlorengegangen. Gewerkschaftsarbeit ist zu einer Verpflichtung, zu einem Krampf geworden – und sie macht keinen Spaß mehr.

Es ist noch nicht sehr lange her, da wurde man von Gewerkschaftern korrigiert, wenn man von Arbeitern sprach. Arbeitnehmer hießen die, sagte man, und man hat sie damit in ein schönes System der Partnerschaft eingeordnet. Arbeitnehmer – Arbeitgeber (wobei man darüber diskutieren kann, wer hier eigentlich Arbeit nimmt und wer sie gibt).

Mir fällt auf, daß man seit drei Jahren wieder Arbeiter sagen darf, vielleicht, weil ein Arbeitsloser besser erkennt, daß er ein Arbeiter und nicht ein Arbeitnehmer ist.

Man hat vor hundert Jahren aus dem Wort Arbeiter ein stolzes Wort gemacht und hat es dann aufgegeben, als dieser Stolz die ersten Früchte trug. Man hat, und die Gewerkschaften dürfen stolz darauf sein, den Arbeiter aus der bitteren Armut befreit, aber er hat damit eine Gruppe verloren und sein Selbstverständnis, sein Selbstbewußtsein.

Es wäre gemein, jenen einen Vorwurf machen zu wollen, die damals, am Anfang der Gewerkschaftsbewegung, als erstes und bald als einziges Ziel die Befreiung des Arbeiters aus der Armut postulierten. Das Problem hieß nackter Hunger, und einem Hungernden von andern Problemen zu erzählen als von ökonomischen wäre grauenhafter Zynismus.

Der Marxismus war eine ökonomische Idee. Man muß aber erwähnen, daß es auch Zeitgenossen von Marx in der Arbeiterbewegung gab, die die sture Beschränkung auf den ökonomischen Kampf als Gefahr bezeichneten. Der dauernde Streit zwischen Bakunin und Marx ging um diese Frage. Bakunin warnte davor, eine neue und bessere Gesellschaft lediglich über die finanzielle Besserstellung der Armen erreichen zu wollen. Es hat seine Gründe, daß sich Bakunin nicht durchsetzen konnte. Seine Ideen waren in der Zeit der bitteren Armut ohne jede Chance – das ist verständlich.

Ebenso verständlich mag der nach und nach vollzogene Abschied von der Revolution sein. Vorerst war es nicht ein Aufgeben der Revolution, sondern eine Frage der Priorität: Was soll zuerst verwirklicht werden? Die Veränderung der Gesellschaft, die dann zu einer ökonomischen Besserstellung des Arbeiters führen muß – oder (aus Dringlichkeitsgründen) vorerst die ökonomische Besserstellung des Arbeiters und erst dann die Veränderung der Gesellschaft?

Wenn ich es mir recht überlege, ich glaube, ich hätte mich damals auch für das Zweite entscheiden müssen.

Aber wie gesagt, es ging damals nicht um die Frage Verbesserungen oder Revolution, sondern es ging nur um die Reihenfolge.

Beide sozialistischen Wege – nämlich der pragmatische

westeuropäische und der konsequente osteuropäische – haben Mühe mit der zweiten Stufe. Beide Wege stehen unter dem Verdacht, daß sie die zweite Stufe nicht ernst genug nehmen oder ganz vergessen haben.

Der ökonomisch »befreite« (in Anführungszeichen) Arbeiter, der nun auch »teilhaben« kann an der liberalkapitalistischen Gesellschaft, hat wenig Interesse mehr an einer Veränderung. Er hat zwei Versprechen (zwei Hoffnungen) zur Auswahl. Auf der einen Seite das sozialistische Versprechen einer humaneren Gesellschaft, auf der anderen Seite das liberale Versprechen: »Jeder hat das Recht, ein Reicher zu werden.«

Das liberale Versprechen kann Beispiele aufzeigen von Leuten, die es geschafft haben; es wirkt deshalb überzeugender. Zudem hat dieses liberale Versprechen Anhänger gefunden bis weit in die Arbeiterbewegung hinein. Die Diskussion darüber ist eine interfraktionelle Auseinandersetzung geworden. Der eigentliche Gegner (ich meine den ehemaligen Gegner) wird damit gar nicht mehr konfrontiert. Der Kampf für eine bessere Gesellschaft findet fast nur noch in der Bewegung selbst statt. Der voreilige Friede hat zum Unfrieden in der Bewegung geführt. Der Friede hat – ich wiederhole das überzeugt – dem Arbeiter Nutzen gebracht, aber richtig bequem ist er nur für die andern.

Zwischenruf: Das heißt nicht, daß die Gewerkschaft nun unwichtig und ohne Arbeit sei. Sie hat gerade unter diesen Bedingungen vermehrte Arbeit – Feuerwehrarbeit. Sie hat mit dem Frieden viel gewonnen, sie hat nun zwei Dinge zu verteidigen: den Frieden und das Erreichte. Sie verhandelt wie UNO-Delegierte zwischen zwei unbestimmten Fronten – und um den Vergleich zu strapazieren: im Niemandsland. Das ist etwas, und es muß getan werden.

Die Frage, ob die Situation gut oder schlecht ist, ist keine gewerkschaftliche Frage. Es geht jetzt um Einzelnes und um einzelne.

Historische Lorbeeren sind hier keine mehr zu holen. Ein Gewerkschaftssekretär kämpft fast ohne Wind. Das einzige, was er noch hat, ist eine Überzeugung oder seine Gewissenhaftigkeit – weder Dank noch eine richtige Ernte. Seine Aufgabe ist ja auch nicht mehr das Säen, sondern das »Häckerlen«.

Weiß der Teufel, eine wichtige Aufgabe. Er hätte Dank dafür verdient. Im übrigen, ich kenne Gewerkschaftssekretäre und ich weiß, wie sehr sie überlastet sind und wieviel sie arbeiten. Von einem überlasteten Feuerwehrmann kann man nicht verlangen, daß er auch noch Häuser baue, vor allem dann nicht, wenn unzählige Formen von Brandstiftungen erlaubt sind.

Es ist eine falsch verstandene, aber bewußt gemeinte Liberalität, die diese Brandstiftung erlaubt. Der humane Liberalismus ist letztlich am selben gescheitert wie der Sozialismus, weil der Liberalismus unter Liberalität genauso ausschließlich Ökonomisches verstand (die Freiheit des Kapitals) wie der Sozialismus unter Sozialität. »Erst kommt das Fressen, dann kommt die Moral« ist zwar ein Satz von Brecht, und er wird gern zitiert, allzugern. Ich habe ihn oft genug gehört bei 1.-Mai-Feiern. Aber das ist kein sozialer Satz, und er sollte doch endlich aus dem Zitatenschatz gewerkschaftlicher Festredner gestrichen werden.

Sicher gehört zur Verteilung der Freiheit auch die Verteilung der Güter dieser Welt, sicher ist Armut eine der schlimmsten Unfreiheiten auf dieser Welt. Aber die Befreiung des Menschen ist nicht ausschließlich eine ökonomische Angelegenheit. Die finanzielle Besserstellung ist eine wichtige Voraussetzung für diese Befreiung, aber es ist nicht so, daß die finanzielle Besserstellung sie selbständig schafft.

Man hat vor Jahrzehnten davon gesprochen, daß die Bourgeoisie nun langsam zerbröckle, daß sie degeneriere und in der Langeweile verkomme. Vielleicht ist das eingetroffen, denn der Bourgeois kam durch die moderne Wirtschaft genauso in ökonomische Zwänge wie der Arbeiter. Er ist zwar nach wie vor der Besitzende. Was für ihn aber neu ist gegenüber der vorindustriellen Zeit, ist, daß er sich um das Geld zu kümmern hat. Der Feudalist sprach nicht von Geld – das war ihm zu schmutzig –, er hatte es einfach.

So gab es so etwas wie einen Abstieg der Bourgeoisie ins Geld und einen Aufstieg des Proletariats ins Geld. Und sie haben sich getroffen in der weiten Öde der Langeweile, absteigende und aufsteigende menschlich Gescheiterte. Der rein wirtschaftliche Liberalismus und der rein wirtschaftliche Sozialismus sind sich begegnet. Bei beiden Vorstellungen blieben humane Forderungen mehr und mehr auf der Strecke. Liberale Menschenrechte werden nur noch gewährt, wenn ihre direkte Nützlichkeit nachgewiesen werden kann. Gesellschaftliche Forderungen der Sozialisten werden ausschließlich danach beurteilt, ob sie unserer Wirtschaft dienen oder schaden.

So kommt es dann zu jenen Irrtümern, daß ein Linksliberaler und ein braver Sozialdemokrat eigentlich dasselbe seien und dasselbe meinen würden. Der Irrtum kommt daher, daß sie sich im selben Raum der menschlichen Öde und Langeweile befinden. Daß sie diesen Raum durch zwei verschiedene Türen betreten haben – wenn auch durch ähnliche Zwänge –, das hat man vergessen.

Zudem: wer heute in Europa von Bürgerrechten spricht, von Menschenrechten, von Liberalismus – das ist ein Linker. Man kann die linke Bewegung auch damit kaltstellen, daß man ihr zu viele Aufgaben überläßt. Sie hat heute nicht nur für ihr eigentliches Ziel – die Errichtung einer sozialen und echt demokratischen Gesellschaft – zu kämpfen. Sie hat gleichzeitig auch die Errungenschaften der liberalen Revolution zu verteidigen. Und sie findet unter den sogenannten Liberalen wenige (wenn auch einzelne), die sie in dieser Aufgabe wenigstens unterstützen würden.

Es bleibt uns nichts anderes übrig: eine der ersten Aufgaben der heutigen Arbeiterbewegung ist der Kampf um die Erhaltung der liberalen Errungenschaften. Es wäre schön, wenn die Liberalen dafür kämpfen würden, aber das ist offensichtlich eine Illusion. Man hat sich offensichtlich dafür entschieden, der Linken alles zu überlassen, sie mit Arbeit zu überhäufen, damit sie nicht mehr zur eigenen Arbeit kommt. Jeder Gewerkschaftssekretär weiß davon. Für Utopie und Entwürfe bleibt keine Zeit.

Vielleicht geht man deshalb zum Geschichtenerzähler, wenn man etwas über Gewerkschaften wissen will. Von ihm wären vielleicht noch die Luftschlösser zu erwarten, ein kleiner Hauch von Hoffnung.

Also: noch eine Geschichte. Diesmal eine, die vielleicht wahr ist. Sie wurde mir erzählt in Australien, und sie hat mir so gut gefallen, daß ich Angst hatte, weiter danach zu fragen und sie mir von andern bestätigen zu lassen. Ich fürchtete, sie könnte nicht wahr sein – und ich will, daß sie wahr ist.

Sydney ist eine Stadt mit einer erstaunlich schönen Durchmischung von Wohnhäusern, Geschäftshäusern, Parkanlagen, eine der wenigen Großstädte, die ich gesehen habe, die noch lebt und belebbar ist. Ich habe überall gefragt, wie diese Planung möglich sei. Es gebe hier doch auch bestimmt Spekulation usw. Ein Baufachmann erzählte mir folgende Geschichte:

Wenn hier ein Spekulant nach und nach ein Quartier aufkauft, dann wird sich sehr schnell die Gewerkschaft darum kümmern. Sie wird Soziogramme erstellen über das Quartier, abklären, wer hier wohnt, zu was für Bedingungen, Arbeitswege anschauen, Schulverhältnisse usw. Und wenn sie zur Überzeugung kommt, daß das Quartier in seinen Strukturen erhaltenswert ist, dann verfügt sie über das Quartier einen sogenannten »greenban« (einen Grünbann), das heißt, daß sich jeder Gewerkschafter – bei einem sehr hohen Organisationsgrad – weigern wird, in diesem Quartier zu arbeiten. Bei einem Rohrleitungsbruch wird höchstens der Haupthahn zugedreht. Nach einiger Zeit wird das für den Besitzer zu teuer. Er braucht Reparaturen und geht zur Gewerkschaft. Die Gewerkschaft legt ihm einen Vertrag vor, in dem das Quartier für die nächsten Jahrzehnte beschrieben ist: wie viele Bäume noch fehlen, wie viele Spielplätze, Grünanlagen, welche Häuser abgerissen werden dürfen und welche erhalten werden sollen. Dem Besitzer bleibt nichts anderes übrig, als zu unterschreiben, und die Arbeiter selbst haben ihre Vorstellung von humaner Städteplanung durchgesetzt.

Gegenwärtig, so sagte man mir, sind immer noch drei Quartiere in Sydney unter Grünbann, und das in einer Zeit mit recht großer Arbeitslosigkeit vor allem auch im Bausektor.

Die Geschichte hat mir imponiert, und ich hoffe, daß sie wahr ist. Was mir imponiert hat, ist, daß sie durchführbar ist und ihr Resultat sichtbar positiv. Ich meine, daß hier mit der Macht des Arbeiters, des Arbeitenden ernst gemacht wurde. Es wurde sichtbar gemacht, daß die Arbeitskräfte so wichtig und so stark sind wie das Kapital.

Ich möchte daraus keine Schlüsse ziehen und auch kein Rezept daraus machen. Ich möchte nur die Frage stellen, ob so etwas bei uns möglich wäre – und wenn nicht, warum nicht. Und ich möchte auch diese Frage ohne Vorwurf stellen: Was sind die Gründe dafür, daß niemand mehr bereit ist, der Macht des Kapitals die Macht der Arbeitskraft gegenüberzustellen?

Ich stelle die Frage, weil ich die Antwort nicht weiß. Sie

ist von mir nicht zu erwarten. Ich weiß so wenig davon, daß ich sogar bereit wäre, die Antwort zu akzeptieren.

Die Kernfrage wird wohl die sein, ob der Arbeiter nicht schon so weit ist, die Macht des Kapitals richtig und gut zu finden, daß er also nicht bereit ist, etwas dagegen zu unternehmen. Das liberale Versprechen, daß jeder das Recht habe, ein Reicher zu werden, hat ihn erreicht. Und daß er an den Wohltaten des Reichtums riechen durfte, ist zwar der Erfolg der Arbeiterbewegung, aber er ist nicht ihr, sondern den Reichen dafür dankbar.

Denn der Wohlstand – so glaubt er – kommt von den Reichen. Es ist der Bewegung nicht gelungen, sichtbar zu machen, daß der Reichtum der Reichen von den Armen kommt. Und in der geschlossenen Welt der reichen Schweiz fällt es auch nicht auf.

Ist es vielleicht so, daß auch die Arbeiterbewegung dem Arbeiter ein ähnlich falsches Versprechen wie der Liberalismus gemacht hat? Es gäbe jedenfalls verständliche Gründe dafür. Wer etwas verspricht, muß Beispiele für sein Versprechen anführen können, und die einzigen vorhandenen Beispiele für frei lebende Menschen waren damals die Reichen. So wie die sollst du es haben, hat man den Arbeitern vielleicht gesagt – nur als vorläufiges Beispiel, und aus dem Beispiel ist ein Vorbild, ein schlechtes Vorbild geworden.

Die Schweiz ist ein reiches Land. Hier arm zu sein, ist eine persönliche Schande. Man spricht in diesem Land nicht von Geld. Jemanden nach seinem Einkommen zu fragen, gilt hier als unhöflich. Das hat sicher damit zu tun, daß hier jeder glaubt, das Reichwerden sozusagen in Sichtweite zu haben. Wir sind – zum mindesten mentalitätsmäßig – ein Volk von Reichen geworden. Nur noch ein kleiner Teil der wirklich von uns ausgebeuteten Leute leben in diesem Land selbst. Wir sind zu einem kapitalistischen Modellfall geworden. Würde unter unserem Kapitalismus niemand leiden, dann müßte man ihn fast als etwas Gutes bezeichnen.

Aber jene, die wirklich unter unserem Kapitalismus leiden, leben zum größten Teil außerhalb unseres Landes. Die Mitglieder unserer Gewerkschaften leben innerhalb. (Unter den vielen ausländischen Arbeitern, die durch die Krise ihre Arbeit hier verloren haben und das Land verlassen mußten, gab es auch gewerkschaftlich Organisierte – die lebten innerhalb auf Zeit. Man hätte ihnen eigentlich die Mitgliederbeiträge mit Zins und Zinseszinsen und mit Scham zurückerstatten müssen.)

Aber eben, auch in unserer modellkapitalistischen Schweiz gibt es Ungerechtigkeiten und Gemeinheiten genug, die unsere Gewerkschaften voll und ganz beschäftigen. Das muß getan werden. Aber mit der Summe dieser Ungerechtigkeiten, um die sie sich zu kümmern haben, werden sie von der politischen Arbeit abgehalten.

Kürzlich hat mir ein Gewerkschaftssekretär erzählt, daß er einen Prozeß führe gegen einen Unternehmer, der einen Angestellten recht eigentlich betrogen hat. Der Unternehmer hat ihm erklärt, er wisse schon, daß er im Unrecht sei und schlußendlich bezahlen müsse. Dieser Prozeß und die Kosten machen ihm aber gar nichts aus. Er finde es richtig, daß die Gewerkschaft darum kämpfen müsse.

Vielleicht hat das Methode, vielleicht ist es nur Mentalität. Die Gewerkschaft wird jedenfalls abgehalten von grundsätzlicher Arbeit. Sie wird so sehr davon abgehalten, daß ehemalige Grundsätze kaum mehr rekonstruierbar sind.

Was daraus resultiert, ist bittere, harte Arbeit. Was daraus resultiert, ist dauernde Verärgerung der Mitglieder gegenüber den Leitenden, ist Angst der Leitenden gegenüber den Mitgliedern. Die Bewegung wird zermürbt, und sie ist müde. Man könnte auch sagen, sie hat soviel getan, daß sie ein Recht darauf hat, müde zu sein – aber das ist kein Trost.

Immerhin – und das ist viel – es gibt sie. Die Zermürbungsversuche sind nicht spurlos an ihr vorbeigegangen, aber sie hat sie überstanden, und ich behaupte, daß die Gewerkschaft stärker ist, als sie selbst glaubt. Ein Starker, der seine Kraft nie zu testen wagt, kann allerdings den Glauben an seine Stärke verlieren.

Doch wo bleibt das Positive? Es ist bereits gesagt. Die Arbeit der Gewerkschaft ist in dieser Gesellschaft bitter nötig. Die soziale Landschaft würde ohne Gesamtarbeitsverträge gerade in unserem Land recht düster aussehen. Was der Gewerkschaft nicht mehr gelingen will, ist, ihre Erfolge für sich zu beanspruchen. Der Arbeiter hält den Arbeitsvertrag nach wie vor für ein Geschenk des Arbeitgebers, und die Gewerkschaft ist oft allzuschnell bereit, dem Arbeitgeber diesen Erfolg zu schenken. Was in der liberalkapitalistischen Welt gut ist, das wird immer als Erfolg der Liberal-Kapitalisten verbucht. Was schlecht ist, das schiebt man der Unfähigkeit der Gewerkschaften in die Schuhe. Wenn sich die Gewerkschaft nicht dagegen wehrt, dann kommt sie immer wieder in den ungerechten Verdacht, daß sie diese Welt so gewollt und mitgestaltet hat und daß sie sie so will. Sie kommt in den Verdacht, ein Feuerwehrmann zu sein, der an Brandverhütung nicht sehr interessiert ist.

Nun, was soll sie denn tun, die Gewerkschaft?

Ich würde sagen, genau das, was sie immer getan hat. Es muß getan werden. Nur werden die Bedingungen für dieses Tun von Tag zu Tag schlechter. Die Arbeit wird mehr und mehr nötiges, aber unerfreuliches Flickwerk. Es könnte passieren, daß man eines Tages die Leute für diese bittere Arbeit nicht mehr findet.

Es ist höchste Zeit, daß der Gewerkschaft hier etwas einfällt. Sie ist zu einer Institution geworden, das ist richtig und gut so. Die Institution macht stark. Aber die Institution muß getragen werden von einer Bewegung, und diese Bewegung ist auf der Strecke geblieben: bei einzelnen Gewerkschaften – das muß gesagt werden – nicht ohne Zutun der Institutionen.

Die Bewegung von 1968 – was das auch immer war – hat wieder junge Leute in die Gewerkschaften geführt. Sie wurden oft recht widerwillig aufgenommen, und wer von Bewegung sprach, kam schnell in den Verdacht, ein Unterwanderer zu sein. Das ist das alte Elend. Man ruft ewig nach den Jungen, beklagt sich über ihr Fernbleiben, und wenn sie endlich kommen, dann sind sie zu jung. Im Grunde genommen möchte man keine Jungen, man möchte einfach Kleine.

Und die Jungen, die gekommen sind, sind nicht aus Eigennutz gekommen – auch das scheint man ihnen übelzunehmen –, sondern aus Solidarität oder Idealismus.

Was wollen sie denn, diese Jungen? Was wollen sie, die Linken? Die Fragenden geben die zynische Antwort oft selbst: Sie wissen gar nicht, was sie wollen.

Und ich glaube, das stimmt. Sie wissen es nicht, wir wissen es nicht, ihr wißt es nicht.

Und das kann nicht so weitergehen. Wir müssen es gemeinsam wieder wissen lernen.

Das ist der neue Anfang, und das ist die Hoffnung.

Denn so hat die Arbeiterbewegung vor mehr als hundert Jahren angefangen, so hat die GTCP vor 75 Jahren angefangen. Sie hat jenen, die nur die Not und das Elend kannten, beigebracht, zu wissen, was sie wollen.

Viele ahnen es, kaum jemand kann es formulieren: Wir haben in der zweiten Hälfte des zwanzigsten Jahrhunderts eine neue Form des Elends, eine neue Form der Ausweglosigkeit zu erdulden. Es ist uns allen nicht wohl. Wir wissen alle nicht, wie es weitergehen soll. Wir glauben zu wissen, wie viel Wachstum wir nötig hätten, aber wir fürchten, daß uns dieses Wachstum umbringen könnte. Wir wissen alle nicht, was werden soll, und viele würden am liebsten stehenbleiben. Dem ökonomischen Elend des 19. Jahrhunderts ist ein kulturelles Elend im 20. Jahrhundert gefolgt.

Fragt euren Kollegen am Arbeitsplatz, euren Freund in der Beiz, eure Frau, euren Bruder, euren Sohn. Fragt sie: »Wie geht es dir? Wie fühlst du dich?« Und ihr hört immer wieder: »Es scheißt mich an.«

Wir sind eine Gesellschaft von potentiellen Selbstmördern geworden. Eine Gesellschaft, die nur zynisch und sarkastisch von dem spricht, was einmal Zukunft hieß. Wir haben es ökonomisch weit gebracht – das ist viel und das ist gut –, aber wir haben viel dafür auf der Strecke lassen müssen. Wir sind nach wie vor auf dem Weg, auf dem langen und steinigen Weg zur Befreiung des Menschen. Und die zweite Stufe wird die härtere und steilere sein.

Vor über hundert Jahren haben die ersten Gewerkschafter und Sozialisten (die letzten Liberalen auch) formuliert, was der ökonomisch Leidende wollen kann, und sie haben ihn dieses Wollen erfolgreich gelehrt. Das war nicht so einfach, den Leuten beizubringen, daß Armut nicht gottgewollt und das Elend nicht selbstverständlich ist.

Es geht uns allen besser heute, und vielleicht sind wir auch ein bißchen glücklicher als unsere Vorfahren in der Gewerkschaftsbewegung. Aber vielleicht sind wir auch ein bißchen hoffnungsloser, und unser kleines Glück wird mehr und mehr eingeholt von einem großen Elend. Wir stehen wieder an einem Anfang. Wir wissen nicht, was wir wollen sollen.

Das ist der dauernde Ärger mit der jungen Generation. Sie weiß auch nicht, was sie will. Aber sie hat wenigstens den Mut, etwas zu wollen. Sie wollen leben – nicht einfach arbeiten und Geld verdienen und Geld ausgeben. Sie wollen sinnvoll leben, glücklich leben. Ich nenne diese zweite Stufe der Befreiung die kulturelle, und ich meine damit nicht jene bürgerliche Ersatzkultur, die sich Literatur und Malerei und Musik nennt, die letztlich eigentlich nichts anderes ist als eine schale Erinnerung an eine menschliche Gesellschaft, die als schöpferische Gemeinschaft gedacht war.

Wir haben uns mit Recht und mit Erfolg von den grauenhaften Zwängen der Armut befreit. Wir haben uns nun von den Zwängen der Ökonomie zu befreien. Wir müssen jetzt gemeinsam leben lernen. Wir müssen uns gegenseitig helfen, jenen fürchterlichen Zwang loszuwerden, daß ein erfolgreiches Leben ein ökonomisch erfolgreiches sei. Wir müssen uns von den Zwängen befreien, daß jedes menschliche Tun an seinem ökonomischen Wert gemessen wird, daß zum Beispiel Ferien und Sport als Erholung und Fitneßtraining betrachtet werden, ihren Wert nur darin haben sollen, daß man nachher wieder munter in den Stollen kann. Wir müssen aus der Freizeit eine echte Freizeit machen, die nicht im Dienste der Produktion steht, sondern im Dienste des Menschen.

Ich bin ein Geschichtenerzähler. Ich weiß auch nicht, was ich will. Ich neige auch zu Depressionen. Mich scheißt es oft auch an. Ich habe auch Angst vor der Zukunft. Ich weiß auch nicht, wo das alles noch hinführen soll. Aber ich weiß, daß ich selbst unfähig bin, es zu finden. Wir müssen die Zukunft – unsere Kultur – gemeinsam finden. Und wir müssen gemeinsam lernen, lernen, lernen.

Und wir müssen lernen, daß Lernen nichts mit Geldverdienen zu tun hat. Die Gemeinschaft in der Gewerkschaft hat hier eine Chance. Und die Arbeit der Gewerkschaft ist nicht zu Ende. Sie beginnt.

1978

Abschied von einer geliebten Kirche

Vorerst einmal, ich gehöre der Kirche nur noch auf dem Papier an wie viele andere auch. Was mich vielleicht von einzelnen anderen unterscheidet, ist, daß ich meinen Austritt nicht aus opportunistischen Gründen nicht erklärt habe, sondern aus sentimentalen, besser gesagt, aus biographischen Gründen. Ich weiß auch nicht, ob ich die bürgerlichen Dienstleistungen der Kirche – Taufe und Abdankung – noch in Anspruch nehmen würde. Mein Immernochdabeisein hat jedenfalls nichts mit diesen Dienstleistungen zu tun.

Die Vorbereitung dieses Referats hat mich fast zur Verzweiflung gebracht, und es ist mir unmöglich, meine Gefühle auch nur einigermaßen in einer halben Stunde darzustellen. Dies vor allem, weil ich meine eigenen religiösen Gefühle nur erahnen kann: Ich muß in diesem Zusammenhang Mutmaßungen über mich selbst anstellen, als ob ich ein Fremder und nicht ich wäre.

Jedenfalls habe ich entdeckt, daß man sich in dieser Sache fast gezwungenermaßen belügt. Das führt dann auch dazu, daß einem Unfrommen ein Frommer immer wieder als verlogen erscheint. Auf der anderen Seite steht die Bemerkung meines sehr jungen und gescheiten balinesischen Freundes: Er arbeitet auf Bali als Hotelangestellter und hat die einfache Beobachtung gemacht, daß das Christentum wohl eine unfromme Religion sei.

Nach vierzehn Tagen bin ich überstürzt und eigentlich bestürzt von Bali abgereist. Ich habe auf dem Flugplatz in Denpasar um einen Platz gekämpft, ich mußte unbedingt weg, heute weg. Etwas, was ich verdrängt hatte, hatte sich unheimlich stark gemeldet: Die jahrelange religiöse Abstinenz meldete Entzugserscheinungen an. Ich mußte abreisen, weil ich befürchtete, Hindu zu werden, und das wollte ich nicht. Aber ich muß hier betonen, mein zunehmendes

Interesse war nicht romantischer Natur. Das hätte mich nicht so sehr betroffen, ich kenne mich; es saß viel tiefer oder weniger tief – wie Sie wollen. Es meldete sich sozusagen ein biologisches Bedürfnis an, zum romantischen Bedürfnis etwa im ähnlichen Verhältnis stehend wie Sexualität zu Erotik.

Die Flucht gelang mir. Sie wird mir noch oft gelingen, nehme ich an, aber etwas habe ich dabei gelernt. Ich muß ein religiöser Mensch sein, das habe ich zu akzeptieren, damit habe ich zu leben. Ob es mir das Leben erleichtert oder erschwert, das ist eine Frage und kaum zu beantworten. Die vorschnellen Erleichterungserklärungen der Christen erscheinen mir jedenfalls immer etwas allzu diesseitig, ich meine, etwas allzu kapitalistisch – gut ist, was nützt.

Und noch eine letzte Erklärung, bevor ich beginne. Sie ist nötig in diesem Zusammenhang. Ich hatte in meinem Leben nie eine Phase von Begeisterung für fremde Religionen, weder Indien noch China noch vorderer Orient. Meine religiösen Erlebnisse betreffen ausschließlich das Christentum. Auch mein Bali-Erlebnis ist in diesem Zusammenhang zu sehen.

So weit bin ich beim Entwerfen dieses Referats schon mehrmals gekommen. Von da weg wurde es chaotisch, ungerecht und halbwahr. Es bleibt mir also nichts anderes übrig, als so etwas wie Tatsachen zu erzählen, die Tatsache meiner eigenen religiösen Biographie. Sie ist zu sehr mit der Kirche verbunden, als daß ich sie mit meinem Austritt beleidigen könnte.

Meine Eltern, Mitglieder der Kirche, auf Anständigkeit bedacht und auf Diskretion, haben auch Religiöses mit der entsprechenden Diskretion behandelt. Es wurde sozusagen nicht gesprochen davon und ganz sicher nicht im geringsten etwas dagegen gesagt. Meine Mutter, Tochter eines Bäckers und BGB-Politikers (ehemalige Bürger-, Gewerbe- und Bauernpartei) aus Huttwil, hatte zwar eine Neigung zur Philosophie, ich meine zum Reflektieren, und sie besuchte die Kirche ab und zu. Sie gab ihr Urteil ab über die Qualität der Predigt, eher über die äußere Qualität als über den Inhalt; fromm war sie sicher nicht und sehr wahrscheinlich auch nicht gläubig. Sie hätte es sehr sehr ungern, daß ich überhaupt davon spreche. Seit ich mit ihr einige Tage – einige sehr gute Tage – vor ihrem Sterben verbrachte, bin ich fast sicher, daß sie nichts glaubte. Sollte ihre Diskretion in diesen Dingen nur Maske gewesen sein, sie ließ sie nicht fallen.

Die religiöse Herkunft meines Vaters ist einfacher zu beschreiben und weit schwerer erfaßbar. Seine Eltern waren in einer pietistischen Freikirche, im Blauen Kreuz auch. Sein Vater, mein sehr geliebter Großvater, war ein aufrechter und tapferer Christ, meine Großmutter vielleicht eher etwas frömmlerisch. Mein Vater hatte später nicht mehr die geringsten Beziehungen zur Brüdergemeinde und zum Blauen Kreuz – vielleicht eher eine unausgesprochene Ablehnung. Er trank zwar eigentlich gar nichts, weder Bier noch Wein, aber er tat dies auch nicht konsequent, und ich habe nie gehört, daß er sich irgendwo für die Abstinenz eingesetzt hätte. Er besuchte die Kirche häufig, preßte dort die Lippen aufeinander, weil er Angst hatte, er könnte einmal mitsingen. Mein Vater konnte nämlich nicht nur nicht singen – es war viel schlimmer. Er wußte nicht, ob er singen kann oder nicht, weil er es in seinem ganzen Leben nie versucht hatte. Ich meine auch das als Beschreibung seiner Art von Religiösität.

Über Religiöses wurde bei uns zu Hause nicht gesprochen. Gebetet wurde am Tisch nicht, vor dem Ins-Bett-Gehen »E ghöre es Glöggli« gesungen nur im Kleinkindalter und eher als Kinderlied denn als Gebet. Hätte ich aber irgendwo gesagt, daß bei uns zu Hause nicht gebetet wird, ich glaube, meine Mutter hätte es bestritten und mich der Fantasiererei bezichtigt.

Ich hatte immerhin den Eindruck, daß meine Eltern an Gott glauben, und in bezug auf meinen Vater stimmte das wohl auch. Es besteht auch die Möglichkeit, daß sich mein Vater meiner Mutter anpaßte, das heißt, seinen Glauben privatisierte und verinnerlichte. Daß mein Vater insgeheim betete, ist vorstellbar. Frömmelig wäre er aber auch unter anderen äußeren Umständen nicht geworden.

Daß ich zur Sonntagsschule ging, war meinen Eltern mehr als recht. Als ich einmal an einem Sonntag zwischen neun und zehn auf der Straße mit andern Kindern Karten spielte, wurde ich von meiner Mutter sogar zurechtgewiesen wie sonst nie. Während der Predigt spielt man nicht Karten. Für sie war es wohl nur eine Sache von bürgerlicher Anständigkeit, aber mir machte sie es als Sünde bewußt.

Meine Eltern nahmen meine Erziehung ernst, und ich hatte eine sehr schöne, fast ungetrübte Kindheit. Es fiel mir leicht, gehorsam zu sein. Rebellion gegen meine Eltern war von mir her undenkbar. Allerdings begann ich sehr früh, Bücher zu lesen, war altklug und fühlte mich bald meinen Eltern intellektuell überlegen, was – das sei ihnen hoch angerechnet – nicht zu den geringsten Schwierigkeiten führte.

Ich wurde ein übereifriger Sonntagsschüler – daneben übrigens ein Schwieriger im Religionsunterricht. Obligatorien sagen dem Freiwilligen nicht zu. Sehr bald trat ich auch dem Hoffnungsbund des Blauen Kreuzes bei. Mein erstes Bier mit sechzehn fiel mir nicht leicht; die Verachtung meiner ehemaligen Freunde, die im Blaukreuz geblieben sind, tut mir weh.

Ein besonders eifriger Leiter des Jünglingsbundes – ein besonders guter übrigens auch, dem ich viele Einblicke in moderne Literatur und moderne Kunst verdanke – hatte immer neue Ideen zum öffentlichen Bekenntnis. Wir marschierten zum Beispiel durch die Stadt und skandierten vor jedem Restaurant alkoholfeindliche Slogans. Ich mußte meine Mutter auch bitten, die Familienfeier am 24. Dezember vorzuverlegen, weil wir ab acht Uhr mit dem Jünglingsbund – das waren damals drei, vier – in der Stadt Weihnachtslieder singen wollten. Hätte sie es mir verboten, ich hätte das Verbot wohl akzeptiert. Sie hat es nicht, und ich bin ihr heute noch dankbar dafür.

Das religiöse Bekenntnis wurde zu meinem Emanzipationserlebnis. Ich hatte sozusagen den Dreh gefunden, gegen meine Eltern zu rebellieren, ohne daß sie viel dagegen haben konnten. Ich tat ja nichts Schlechtes im religiösen Sinne, ich verstieß nur gegen ihren Grundsatz der Diskretion. Ich betrieb meine rebellische Emanzipation mit ihren Mitteln: ich betrieb und übertrieb sie.

Der tempelreinigende Jesus gefiel mir besonders; »Ein feste Burg ist unser Gott« war mein Lied. Ich war geneigt, ein zorniger Christ zu werden, dafür geeignet war ich überhaupt nicht. Im Grunde genommen war ich ängstlich bis auf die Knochen und ebenso wie meine Eltern darauf bedacht, als lieb und nett und anständig zu gelten. Also brav sein, aber anders brav sein, sozusagen in der Minderheit brav sein und in der Minderheit Solidarität finden. Ich war zwar nicht Mitglied einer verbotenen, wohl aber einer kleinen Kirche. Ich war Mitglied einer etwas belächelten Kirche, und es bereitete mir schelmisches Vergnügen, daß mir diese Kirche niemand verbieten konnte, weil die verlogene Mehrheit von sich behauptete, sie sei christlich und kirchlich und anständig. Für mich war das damals wie Schnippchenschlagen und in diesem Sinne die lustigste, die munterste und die dialektischste Linke, die ich je erlebte.

Ich las täglich die Losungen. Ich trat dem Bibellesebund bei, hatte einen guten Namen bei Ländlischwestern und wurde auch mit ihrem sanften Lächeln reichlich entschädigt. Ich interessierte mich für die Mission in der genau gleichen Art wie die anderen für Karl May. Auch das ein Erlebnis bei meinem Besuch in Bali: Mission war unter anderem eine optische Vorstellung, Bananenbäume gehören fast mehr zum Bild meiner Kindheit als Buchen und Tannen.

Ich stelle bewußt hier nur die Äußerlichkeiten dar. Ich nehme an, daß Sie sich Innerliches dabei vorstellen können. Ich meine, es gab auch innerliches Engagement und echten Glauben. Aber Glaube kann auch sehr ehrgeizige Formen annehmen. Das Lesen der Bibel kann zum Leistungsdenken werden. Das Besuchen von parakirchlichen Veranstaltungen in den unteren und hinteren Räumen der Kirche kann die Neigung zum Anständigkeitsrekord bekommen.

Die Sonntagsschullehrerin, eine ältere Frau, konnte ich nicht im Stich lassen. Mit dreizehn vierzehn ging ich immer noch zur Sonntagsschule. Dazu kam eine Neigung zum Pietismus. Ich erinnere mich mit einiger Beklemmung an die wunderschönen Geschichten von einem Pfarrer Busch, in denen die Leute noch und noch durch Bekehrung von Krankheiten und allem Übel geheilt wurden.

Als ich mit sechzehn ins Lehrerseminar eintrat, gab es noch den Gedanken, später als Lehrer in die Mission zu gehen – dazu die Vorstellung, Modejournalist zu werden, über Frauenmode zu schreiben, dazu auch schon das arrogante Selbstbewußtsein, ein Schriftsteller zu sein, nicht etwa, einer werden zu wollen. Alles in allem bot ich das Bild einer chaotischen, infantilen, unausgereiften Persönlichkeit.

In Solothurn wurde ich auch Sonntagsschullehrer. Ich machte meinen ersten bewußten Ausflug in religiöse Romantik, begann mich für den Katholizismus zu interessieren, besuchte um neun den katholischen Gottesdienst und hielt um zehn in der reformierten Kirche Sonntagsschule. Daß ich sehr diskutierfreudig war und an halbphilosophischen Gesprächen interessiert, war eigentlich der einzige Negativposten, als man versuchte, mich vom Seminar zu weisen – erfolglos. Es gab doch einige Lehrer, die sich für mich einsetzten, unter anderem der katholische Pfarrer, mit dem ich immer wieder lange theologische Gespräche führte. Er riet mir übrigens immer wieder dringend von einer Konversion ab. Meine Beziehungen zu ihm waren der Beweis, daß ich ein religiöser Chaot sei. Die Schulleitung gab mir in aller Deutlichkeit zu verstehen, daß mir dieser Kontakt schaden könne, daß ich als Nichtkatholik kein Recht auf diesen Kontakt habe. Ich erlebte ein zweites Mal meine Religiosität als Emanzipationsmittel, mein Christsein als Anderssein, mein Bekenntnis als Rebellion.

Jener Lehrer, der mein Christsein als störend empfand, ist immer noch Christ und regelmäßiger Besucher der Kirche. Er hat nichts gegen Christentum, er hat nur etwas gegen Radikalismus, gegen das Ernstmachen. Christsein ist für ihn ein selbstverständlicher Bestandteil der Anständigkeit und verpflichtet ihn zu nichts anderem als zu Ruhe und Ordnung.

In jener Zeit begann mein Abschied von der Kirche, ohne daß ich es merkte. Ich bekam ein intensives Interesse an Theologie, angefangen bei Kierkegard; ich hatte den Ehrgeiz, den ganzen Karl Barth zu lesen. Mein Abschied von der Kirche begann damit, daß ich aus meinem Glauben eine Wissenschaft machen wollte. Ich ersetzte meine Frömmigkeit durch Interesse.

Meine katholischen Schulkameraden mußten für den Religionsunterricht kleine Aufsätze schreiben. Ich übernahm diese Aufgabe für viele von ihnen vorerst aus Spaß, später gegen kleineres Entgelt. Mein Rekord lag bei 16 verschiedenen Aufsätzen zum selben Thema in einer Nacht. Das war übertrieben. Die Sache flog auf, und die Bekanntschaft mit dem katholischen Pfarrer begann nach meiner Entschuldigung.

Die Formel, daß ich nicht gläubig sei, aber sehr an Theologie interessiert, schleppte ich dann von zwanzig an mit mir herum. Mein Abschied von der Kirche aber begann. Ich kann diesen Abschied nicht mit Vorwürfen belegen. Mein In-der-Kirche-Sein wäre vielleicht leichter begründbar als mein Nicht-in-der-Kirche-Sein. Mit Atheismus hat das jedenfalls nichts zu tun, mit Kirchenfeindlichkeit auch nicht. Ich habe höchstens den Verdacht, daß mich die Kirche langweilt. Und es gibt nur etwas, für das ich aus ganzem Herzen, aus innerster Überzeugung und ohne Haß kein Verständnis aufbringe: das sind die Feldprediger. Sie irren sich grundsätzlich, wenn sie in guten Treuen annehmen, in der Uniform eines Hauptmanns Kontakte zum Volk zu finden. Sie sind zwar fast ausnahmslos viel netter und privater als richtige Hauptmänner, aber sie sind die Narren des Offizierskasinos. Sie verwechseln die militärische Feldübung mit einem Pfadfinderausflug und die militärische Verpflegung auf dem Feld mit dem Kirchgemeindepicknick. Ich hasse sie nicht, ich gebe mir Mühe, sie nicht zu hassen. Aber die Vorstellung, ein höherer Offizier tröstet mich als Sterbenden im Lazarett, hat für mich etwas sehr Grauenhaftes. Es ist so etwas wie Amtsanmaßung – nicht etwa in dem Sinne, daß sich der Pfarrer das Amt des Hauptmanns anmaßt, sondern der Hauptmann maßt sich das Amt des Pfarrers an. Ich habe auch waffentragende und schießende Pfarrer gesehen, und als Sanitäter, der ab und zu die Herren Offiziere bedienen mußte, habe ich die Landesverteidigungsgespräche der Feldprediger gehört.

Ich habe nichts, gar nichts gegen einen Pfarrer, der bereit ist, seinen Dienst bei der Truppe als Soldat zu leisten. Ich habe nichts gegen einen Pfarrer, der für die Landesverteidigung eintritt...

Ich versuche, meinen Haß zu zähmen, aber Sie sehen, ich werde bitter.

Hier noch mein erstes Erlebnis mit dem Feldprediger: Kaserne Basel, Sanitätsrekrutenschule 1955, fünfte Woche. »Nachmittags zwei Stunden Feldprediger« stand auf dem Tagesbefehl. Wir, von Heimweh geplagt, an der Grenze zwischen menschlichem Wesen und Rekrut stehend, atmeten auf. Endlich kommt jemand von außen, endlich kommt jemand, der wohl nichts Soldatisches von uns will, und vielleicht kann man sich auch gemütlich hinsetzen.

Wir standen über eine Stunde im Stahlhelm in der prallen Sonne auf dem Kasernenplatz. Wir durften den Stahlhelm zum Gebet abnehmen, das sah schön malerisch-militärisch aus. Und ein älterer Herr in der Uniform eines Hauptmanns, in Stiefeln und mit dem offizierischen Kniewippen, hielt uns eine Straf- und Drohpredigt. Er erzählte, daß zu Hause in seiner Studierstube ein Foto über seinem Tisch hänge. Darauf sei sein Vater zu sehen, der als stolzer Infanterieoffizier genau da stehe, wo er jetzt stehe, daß es für die Basler zur Zeit sehr schwer gewesen sei, als die Infanterie nicht mehr hier war und nur noch unbewaffnete Sanitäter. Und daß wir uns als Sanitäter noch zackiger zu benehmen hätten, damit jedermann sehe, daß auch wir Männer seien usw.

Ich schiebe das keineswegs der Kirche in die Schuhe, das war die persönliche Dummheit und Arroganz dieses Hauptmanns. Ich möchte auch das Thema Feldprediger damit abschließen, und ich möchte anschließend nicht darüber diskutieren. Das Beispiel Feldprediger ist mir mit Gründen zu lang geraten, ich gebe das gern zu. Nicht die Feldprediger haben mich aus der Kirche getrieben; ich erwähne sie nur als optisches Beispiel für meine Enttäuschung.

Damals auf dem Kasernenplatz in Basel habe ich zum ersten Mal bemerkt, daß mir die Kirche nicht mehr Emanzipationshilfe sein kann und sein will. Hier in der Rekrutenschule, wo ich es doppelt nötig gehabt hätte, wurde mir ausgerechnet vom Pfarrer das christliche Recht, ein anderer zu sein, entzogen. Ich gehöre zu jenen, die ihren ganzen Dienst unter äußerst hartem psychischen Streß nahe an der Psychose geleistet haben. Mein Militärdienst ist meine erbärmlichste Erinnerung.

Ich wußte damals nicht, daß mein Ablösungsprozeß von der Kirche schon zwei, drei Jahre im Gang war. Aber nur das hat verhindert, daß das Erlebnis mit dem Feldprediger nicht eine augenblickliche Psychose auslöste. Gut, ich bin ein Schwächling im Unterschied zum bestiefelten theologischen Edelmann aus Basel. Lassen wir das.

Die Frage der Feldprediger wird schließlich vom »frommen« Militärdepartement und nicht von der tapferen Kirche entschieden. Wenn in Bern auf die Dienste eines Feldpredigers verzichtet wird, weil er vom Problem Töten gesprochen hat, dann ist das schließlich auch nicht eine Frage der Kirche, und sie schweigt.

Und jetzt endlich Schluß damit.

Mein Bekenntnis und die Kirche habe ich in meiner Jugend als Emanzipationshilfe erlebt. Diese Funktion kann die Kirche für mich nicht mehr erfüllen. Oder anders gesagt: sie hat der weltlichen Anständigkeit keine eigene entgegenzusetzen. Sie glaubt dem Staat und seinen Institutionen blind, daß sie christlich seien. Die Kirche hat für mich ihren Wert als Alternative verloren.

Ich kenne die romantischen Träume von der angeblich verfolgten Kirche in Nazideutschland, von der verfolgten Kirche in der DDR und in der Tschechoslowakei, von der tapferen und starken Kirche in Polen. Ich kenne die romantischen Träume davon, daß die Kirche dort erstarke, wo sie angegriffen und bedroht werde. Würde es uns treffen, wir wären nicht im geringsten darauf vorbereitet. Die Schweizerische Landeskirche hat nicht die geringste Lust zur Alternative zur Verfügung zu stellen. Überspitzt und als böser Scherz gesagt: ich könnte mir vorstellen, daß sie schon sehr bald in ihre Verfassung den schönen Vereinsstatutensatz aufnimmt: Politisch und konfessionell neutral.

Ich gerate nun mit Recht in den Verdacht, daß auch ich die Kirche nur nach meinem persönlichen Nutzen beurteile. Ich entschuldige mich dafür. Es kommt wohl daher, daß sie mir tatsächlich von Nutzen war. Ich weiß nicht, was ich wäre ohne sie: von ihr habe ich die Lust zur Minderheit, das christliche Versprechen. Ich meine damit, daß das Versprechen des Jesus von Nazareth für mich das Versprechen einer Gegenwelt ist, und dieses Versprechen hat mich für immer geprägt, weil ich zu dessen Einlösung keine Mehrheit brauche, weil es in der Minderheit und Machtlosigkeit einlösbar ist – dies im Unterschied zu allen politischen Versprechen, die nur mit der Mehrheit einlösbar sind.

Ich weiß nicht, ob ich damit schon wieder zu fromm werde und Sie damit vielleicht belüge. Wenn Christsein heißt: Geprägt durch den christlichen Glauben, dann bin ich ein Christ. Wenn Christsein heißt, an Christus glauben, dann fällt mir die Antwort unglaublich schwer. Ich kann die Frage nicht beantworten. Ich befürchte, daß meine Antwort als Bekenntnis zur Kirche aufgefaßt werden könnte.

Was für mich aber sicher ist: in meiner politischen Arbeit innerhalb der Sozialdemokratischen Partei bin ich eindeutig motiviert von meiner pietistischen Herkunft. Und ich stehe hier nicht allein. Am ganz linken Flügel dieser Partei treffe ich noch und noch ehemalige Sonntagsschullehrer an. Vielleicht suchte ich in dieser Partei – inzwischen recht oft enttäuscht – das, was mir die Kirche in meiner Jugend einmal war, das Erlebnis der alternativen Minderheit, das Erlebnis der Gegenwelt. Ich weiß aber auch, daß diese Partei als große Mehrheitspartei unbrauchbar würde. Die Rebellion, die Revolution, die Opposition und die Alternative lassen sich offensichtlich nicht institutionalisieren.

Bekannt ist mir auch, daß Christus selbst die kirchliche Gemeinschaft gefordert hat und daß ich ohne sie nicht Christ sein kann. Ob er sich diese christliche Gemeinschaft als halbstaatliche Anständigkeitsinstitution vorgestellt hat, das wage ich zu bezweifeln. Ich schäme mich dabei nicht, arrogant zu behaupten, daß wir zwei, Christus und ich, uns kennen. Er hat mir seine Verwandtschaft angeboten. Ich bin ein sehr schlechter Verwandter, aber ein bißchen stolz auf die Verwandtschaft bin ich schon. Ich meine, es stärkt mein Selbstbewußtsein. Daß mein Selbstbewußtsein in der Rekrutenschule nicht erwünscht war, mußte ich sehr bald schmerzlich erlernen. Daß sich die Kirche am Raub meines Selbstbewußtseins beteiligt hat, das nehme ich ihr übel.

Ich meine nicht, daß sich die Kirche von 1935 – meinem Geburtsjahr – bis 1955 verändert hätte. Und wenn, ich würde annehmen, eher zum Besseren. Ich habe sie nur in meiner pietistischen Frömmigkeit und in meinem radikalen Starrsinn anders erlebt, und ich bin sehr froh darüber, daß mir die kindliche Naivität einmal gegeben war, sie so zu erleben. Ich bin dankbar dafür, daß ich meine Jugend in dieser Kirche verbringen durfte.

Meine Dankbarkeit verbietet mir, ihr meinen Obolus zu entziehen. Die Kirche hat irgendwo immer noch meine Sympathie – nicht etwa als Rückversicherung, aber als Erinnerung. Ich erinnere mich, und sie erinnert mich.

Auf der Suche nach einem versöhnlichen Schluß erinnerte ich mich an meinen Konfirmationsspruch. Er ist mir auch ein Beweis dafür, daß die Gefahren meiner frühen Gläubigkeit von meinem Pfarrer schon damals erkannt wurden. Heute staune ich über seine Voraussicht. Ich hätte sie ihm nicht zugetraut. Ich mochte ihn übrigens, und übrigens war er auch einer, der seine Beispiele gern aus zwei durchgestandenen Grenzbesetzungen bezog.

Ich erwähne dies, um Versöhnung anzubieten. An meiner Konfirmation war ich sehr stolz darauf, daß ich als einziger einen Spruch aus dem alten Testament bekam, und zwar aus dem ersten Buch Moses, 28, 15: »Und siehe, ich bin mit dir und will dich behüten, wo du hinziehst, und will dich wieder herbringen in dies Land. Denn ich will dich nicht verlassen, bis ich alles tue, was ich dir zugesagt habe.«

Mein Pfarrer muß gewußt haben, daß ich diese Kirche verlassen werde. Als ich es tat, war mir mein Konfirmationsspruch fast ein Trost.

1979

Wie christlich sind die Christen?

Leute der Zürcher Jugendbewegung haben anläßlich der Solothurner Filmtage an die Frontseite der Kathedrale den Satz gesprayt: »Kirche, der wahre Teufel bist du – Satan grüßt.« Der Ärger der Leute darüber war groß – nicht vor allem der Ärger über die Gotteslästerung, sondern viel mehr über die Verschandelung eines Baudenkmals. Kirchen sind mitunter auch Baudenkmäler, und der Kirche selbst ist das recht. Überleben aus Tradition und in der Tradition, das ist vorerst immerhin mal etwas – und alles andere vielleicht später.

Tags darauf – und diesmal nicht nachts – steht eine Frau mit Farbkessel vor dieser Mauer und pinselt unter diesen Satz sehr ungelenk die Worte: »Jesus – Sieger.« Sie wird von der Polizei sanft weggeführt. Die Frau lebt hier in einer Nervenklinik. Ich höre, daß sie unter religiösem Wahnsinn leidet. Ich wußte nicht, daß es das noch gibt, und ich erinnere mich an den Satz von Roda Roda: »Schon wieder ein Dienstmädchen wegen religiösen Wahnsinns eingeliefert, seit Menschengedenken ist das noch keinem Bischof passiert.«

Hier an der Kathedrale wurde – wissentlich oder halbwissend – ein Kampf ausgetragen, der uns doch als sehr antiquiert erscheinen muß: der Kampf um Glaubensinhalte. Wenn wir »anderen« von außen die Kirche kritisieren, dann geht es uns nicht um Glaubensinhalte, sondern nur um den Vorwurf, daß diese Inhalte nicht gelebt werden. Wir verlangen also von den »Kirchlichen«, daß sie etwas leben, von dem sie behaupten, sie würden es glauben. Wir selbst glauben es zwar nicht und zweifeln daran, daß sie es glauben, aber es wäre uns doch recht, wenn sie es glauben und praktisch leben würden. (Die Vorwürfe der Bürgerlichen gegenüber Sozialisten, die die kapitalistischen Freuden genießen, sind damit vergleichbar.)

Auseinandersetzungen über Glaubensinhalte innerhalb der Kirche erscheinen uns Außenstehenden als lächerlich. Die Auseinandersetzung zwischen Vatikan und Küng reduziert ein Außenstehender auf das Problem »Tradition oder Moderne«, und er verspricht sich von der Moderne mehr Praxis, das ist alles.

Letztlich zweifeln wir an der Frömmigkeit des Papstes. Wir glauben nicht etwa, daß er nicht fromm sei, aber wir zweifeln daran. Wir halten seinen Kampf um traditionellen Glauben für einen politischen Kampf und haben ihn im Verdacht, daß es nicht um weltliche Humanität, sondern um weltliche Macht geht. Wir zweifeln an ihm wie Roda-Roda am Bischof. Wir zweifeln daran, daß er an etwas glaubt, an das wir nicht glauben können.

Recht viel schwieriger wird es für uns »Ungläubige« mit dem anderen Polen, Lech Walesa. Ein tapferer, furchtloser Mann: man könnte ja nun annehmen, daß seine katholische Frömmigkeit ein taktisches Kalkül sei, aber das nehmen wir nicht an. Wir fürchten uns als Sozialisten zwar ein wenig vor seinem Katholizismus, aber letztlich müssen wir ihm seinen persönlichen Glauben fast zugestehen. Zum mindesten scheint er persönlich keine andere philosophische Quelle zu besitzen, die ihm das Recht gibt, für mehr Menschlichkeit und Freiheit zu plädieren. Die mögliche andere Quelle – Marxismus – ist im Besitz der anderen.

So weit, und nur, damit es erwähnt ist: die Kirche hat als erstes einen Glaubensinhalt, sie glaubt an die Existenz eines gütigen Gottes. Ob uns das paßt oder nicht, sie kann darauf beharren, daß der Glaube ihre einzige Aufgabe sei. Dem Nichtchristen ist das egal, aber er mißt den Christen daran – so, wie von bürgerlichen Antisozialisten der Lebenswandel eines Sozialisten am sozialistischen Bekenntnis gemessen wird.

Ich brauche wohl nicht noch zusätzlich meine persönlichen Schwierigkeiten mit dem Thema darzustellen. Meine Eingangsbemerkungen zeigen auch meine persönlichen Zweifel. Ich habe eine religiöse Vergangenheit, bin als religiös Motivierter zur Sozialdemokratischen Partei gekommen – ob ich noch glaube, ich weiß es nicht, aber zum mindesten erinnere ich mich noch daran.

Was ich auch alles gelesen habe darüber: es bleibt ein Rätsel, wie sich diese vorderorientalische religiöse Idee »Christentum« in der ganzen europäischen Welt durchgesetzt hat. Wir sind ein christliches Abendland, aber die Kirchen werden leerer und leerer. Geschlossen werden sie nicht, als Denkmäler sind sie vorhanden. Christen gibt es wenige, aber wir alle sind christlich.

Vielleicht – das wäre eine Möglichkeit – hat den europäischen Fürsten die Institutionalisierbarkeit des Christentums imponiert. Wenn schon Religion, dann eine, die sich institutionalisieren läßt, eine, die ein königliches Oberhaupt hat, mit dem man auf gleicher Ebene verhandeln kann. (Die Zürcher Regierung verlangt von der Jugendbewegung noch und noch, sich zu institutionalisieren, einen Verein zu gründen und Vertreter zu bestimmen, mit denen man verhandeln kann.)

(Der Personenkult mit indischen Gurus ist nicht eigentlich eine indische Angelegenheit, sondern das Übertragen von christlich-europäischem Verhalten auf indische Heiligkeiten.)

(Der Papst ist keine Heiligkeit, sondern der weltliche König einer religiösen Institution mit religiös begründeter Unfehlbarkeit. Diese so begründete Macht unterscheidet ihn in keiner Weise von einem absolutistischen König, dessen weltliche Macht auch aus Gottes Hand kam.)

Wenn es wahr ist – ich weiß das nicht, aber ich weiß, daß es behauptet wird und wurde –, daß das Christentum die Gleichheit der Menschen, die Gerechtigkeit und den Frieden auf Erden und den Menschen ein Wohlgefallen meint, dann muß man feststellen, daß die weltlichen Mächte ein paar Schritte mehr darauf zu gemacht haben als die katholische Kirche. Dann hätte die Kirche nicht nur nach der progressiven Seite versagt, sondern letztlich auch nach der konservativen Seite. Sie konnte auch nicht halten, was sich die Fürstenhöfe von ihr versprachen.

Es sind ausschließlich historische Gründe, die es notwendig machen, vorerst von der katholischen Kirche zu sprechen. Es ist im übrigen auch etwas einfacher, weil sich der Katholizismus aller Länder doch besser vergleichen läßt als etwa der deutsche und der schweizerische Protestantismus.

Der Zürcherische Protestantismus unter Zwingli hatte von Anfang an die Tendenz zur Demokratisierung. Aus dem Priesteramt wurde ein Lehramt, die Vergebung der Sünden war keine kirchliche Aufgabe mehr, sondern religiöse Selbstverständlichkeit. Die Leute wurden zwar im christlichen Glauben unterrichtet, die Verantwortung für diesen Glauben hatten sie aber selbst zu tragen, und niemand war berechtigt, an der Christlichkeit des anderen zu zweifeln. Aus der allumfassenden mächtigen Kirche wurde ein Mitgliederverein. (In Zürich übrigens – Staatskirche – ein Verein mit staatlichem Steuereinzug und sanfter Zwangsmitgliedschaft. Wer nicht offiziell austritt, ist ohne jede Erklärung ein Mitglied. Wer sich nicht konfirmieren läßt, erklärt damit noch nicht seinen Austritt.)

Den Ausschluß aus der Kirche kennen die Reformierten nicht. Es gibt keine einzige Handlung, mit der jemand seine Mitgliedschaft verwirkt. Über die Frömmigkeit eines Menschen entscheidet nur Gott. Die Gnade steht über den weltlichen und göttlichen Gesetzen.

Die reformierte Kirche mag mit diesem Verhalten dem Liberalismus im Staate Vorschub geleistet haben; die katholische Kirche hat da und dort eher später dem Liberalismus nachgegeben. Womit heute beide Kirchen argumentieren – wenn auch nicht in gleichem Maße –, das ist ein

Begriff, den sie aus der neueren Staatsphilosophie haben: Pluralismus.

Das heißt: Nicht die Kirche war zwischen 1933 und 1945 dem Nationalsozialismus nahe, sondern einzelne Vertreter. Das heißt: Es gab einen kirchlichen Widerstand gegen die Nazis. Das heißt: Nicht die Schweizer Kirche stellt der Armee Feldprediger im Hauptmannsrang, sondern einzelne reformierte Pfarrer tun »ihre Pflicht als Soldat«. (Es wäre untersuchenswert, unter welchen Bedingungen sich Offiziere Soldaten nennen. Die Klärung dieses Phänomens könnte nebenbei auch etwas beitragen zu der Frage »Hierarchie und Christentum«.)

Der Begriff des »Pluralismus« kommt zwar aus der Staatsphilosophie, unchristlich aber ist er nicht. Im Gegenteil, die Forderung des Verzeihens, die Überzeugung, daß letztlich nur Gott allein urteilt, macht Pluralismus notwendig. Ohne ihn wäre die Kirche nicht christlich.

Heißt das, daß sie erst seit ein paar Jahrzehnten christlich ist? Wollen wir uns darüber streiten, ob die Kirche von 1980 christlicher sei als die Kirche von 1880 oder umgekehrt? Nach welchen Kriterien sollen wir letztlich die Christlichkeit der Kirche beurteilen? Nach den zehn Geboten des vorchristlichen Alten Testaments? (Du sollst nicht töten.) Nach dem Plädoyer des Jesus für die Ehebrecherin? (Du sollst nicht verurteilen.) Nach der Tempelreinigung? (Du sollst in heiligem Zorn den Kapitalismus wegfegen und dich über Rechte und Besitz hinwegsetzen.)

Mir fällt in diesem Zusammenhang eine Geschichte ein. Als vor Jahren ein palästinensisches Kommando ein israelisches Flugzeug in Zürich angriff, warfen die Angreifer Flugblätter unter die Leute, in denen sie sich auf den Freiheitskampf von Wilhelm Tell bezogen. Ich könnte mir vorstellen, daß sie naiv genug waren, aus dieser Tellgeschichte, die wir Schweizer lieben, eine rebellische Tradition der Schweiz abzuleiten. Ihr Irrtum war, daß sie glaubten, die Schweizer glaubten an Tell. Aber Tell ist eben kein Rebell, sondern ein Staatsgründer.

Die Schweizer ärgerten sich nicht einmal über das Flugblatt, sie fanden es schlechthin lächerlich.

So lächerlich muß es einem Kirchenmitglied erscheinen, wenn wir aus unserem Jesusbild linke, rebellische, revolutionäre Traditionen ableiten wollen. Jesus ist für sie nicht der Mann, der mit unanständigen Traditionen brach, sondern er ist nur der Erfinder der Anständigkeit. Er ist für sie nicht der Kämpfer gegen eine Tradition, sondern nur der Begründer einer Tradition. Tell ist ein Staatsgründer, Jesus ein Kirchengründer. Die Schweizer lassen sich auf Tell so wenig behaften wie die Kirche auf Jesus. Tell hat schließlich ein anständiges Land begründet und Jesus eine anständige Kirche – und Anstand ist das, was ist.

Wer von »Urchristentum«, »wahrem und echtem« Christentum träumt, der meint eine Kirche, die sich unanständig verhält, die der öffentlichen Anständigkeit, der pluralistischen und liberalen Anständigkeit ihre totale, unabdingbare Ethik entgegensetzt, die der Landesverteidigung ein kategorisches »Du sollst nicht töten« entgegensetzt, die der Justiz entgegenhält: »Wer ohne Schuld ist, werfe den ersten Stein« usw.

Die Frage bleibt immerhin, ob diese konsequente Kirche dann eine sozialistische Institution wäre – oder würde sie vielleicht der Sozialgesetzgebung entgegnen: »Schauet die Lilien auf dem Felde, sie arbeiten nicht, auch spinnen sie nicht...«

Ich meine, das Problem »Macht, Gewalt, Gottlosigkeit« ist nicht nur ein innerkirchliches Problem. Es ist auch das Problem, das wir alle mit dieser Kirche haben.

Was die »Linke« sich von der Kirche erträumt, ist nicht die Gewaltlosigkeit und die Machtlosigkeit. Sie erwartet von ihr im Gegenteil, daß sie ihre ganze Macht für soziale Ziele einsetzt. Sie erwartet, daß sie ernst macht mit Christus, der – das wissen wir doch eigentlich alle – sich nicht mit dem Waffendienst hätte einverstanden erklären können, wenn er auch die Hilflosigkeit des römischen Zöllners der selbstgefälligen Arroganz des Pharisäers vorgezogen hat. Es sieht fast so aus, als gleiche das »Hier irrt Marx« der neueren Sozialisten dem unausgesprochenen »Hier irrt Christus« der Christen. Denn Marx irrt nur, weil die Umstände nicht ganz so sind und weil man schließlich nicht so sein kann. Aus demselben Grund irrt Christus. Und weil er ein Gott ist, ist er ohnehin nicht verständlich, und es wäre ein Sakrileg, behaupten zu wollen: »Ich, ich, ich – ich habe ihn verstanden.«

Die Kirche war in ihrer Geschichte nicht Christus verpflichtet, sondern den Umständen. Echt Gläubige gab es immer, und die Institutionschristen sahen immer einen Sinn darin, die Kirche vorerst mal zu retten und den Umständen anzupassen. Sie wußten, daß sie damit nicht als Christen handelten, aber sie glaubten, damit das Christentum einigermaßen über die Runden zu bringen. Sie machten sich zwar schuldig vor Christus, aber nach ihrer Meinung immerhin auch *für* Christus.

Ich meine das nicht zynisch. Der Erfolg gibt den Taktikern recht. Eines müssen wir dieser Kirche zubilligen: Es ist ihr zum mindesten gelungen, die Provokationen jenes nonkonformen jüdischen Philosophen Jesus von Nazareth zu überliefern. Ohne die Kirche und ohne ihre Korruption wären wir nicht im Besitz jener Aussagen von Jesus, die wir dieser Kirche nun mit vollem Recht zum Vorwurf machen können. Die Kirche hat ihre eigene Schizophrenie mitüberliefert. Sie hat etwas eingebracht in unsere Welt, was nicht wirkungslos blieb: das schlechte Gewissen. Es mag auch Selbstschutz gewesen sein, daß sie versuchte, dieses »schlechte Gewissen« zu demokratisieren. Demokratie in diesem Sinne heißt »freiwillige Mitglieder haben«. Hatte sich die Kirche zu entscheiden, ob sie Radikalität der breiten Mitgliedschaft vorziehen will? Unter was für Bedingungen bleibt der Bundespräsident noch Mitglied? Soll sie alle Macht aufgeben und radikal werden? Oder soll sie auf Radikalismus verzichten, die Macht vorläufig nicht ausnützen, aber bewahren?

Schreibe ich hier eigentlich noch über die Kirche oder bereits von den Problemen der Sozialdemokratischen Partei? Soll sich die Sozialdemokratische Partei damit abfinden, daß Politiker, die in keiner Weise einer sozialistischen Idee verpflichtet sind, ihr Geschäft betreiben? Ist es besser, eine breite Mitgliedschaft von Nichtsozialisten zu haben als eine kleine Gruppe, die sich sozialistischen Ideen verpflichtet hat? Ist es sinnvoll, mit einer sozialdemokratischen Partei vorläufig mal brave bürgerliche Politik zu betreiben, um wenigstens vorläufig die Macht hinüberzuretten?

Und letzte Frage: »Ist der Vergleich zulässig?«

Nein, er ist nicht zulässig. Denn in einem unterscheiden sich sozialistische Institutionen von christlichen. Wir lassen uns nicht mehr an Marx messen, auch nicht an Bebel oder Lassalle. Wir haben im Unterschied zu der Kirche kein schlechtes Gewissen mitgeschleppt.

Ist es nicht so, daß wir Sozialisten uns ab und zu ganz gerne das schlechte Gewissen der Kirche ausborgen möchten, weil uns das eigene schlechte Gewissen abhanden gekommen ist?

Die Frage: »Sind die Sozialisten so sozialistisch, wie die Christen christlich sind?« geht in diesem Sinne zugunsten der Christen aus.

Der rechte Flügel der Kirche leidet immer noch ein bißchen unter den radikalen Forderungen ihres Gründers und ihrer Philosophen; unter den Philosophen der Arbeiterbewegung leidet der rechte Flügel unserer Partei nicht mehr. Die Kirche weiß zum mindesten, an was sie sich angepaßt hat. Die Partei weiß nicht einmal das. (Zu erwähnen ist, daß wir hundert Jahre Parteigeschichte mit zweitausend Jahren

Kirchengeschichte zu vergleichen haben – das heißt, daß der Vergleich unsinnig ist.)

Ist Lech Walesa ein Christ? Oder ist er einfach ein opportunistischer Mitgänger der polnischen katholischen Mehrheit? Ein Opportunist des Herzens kann er nicht sein. Oder ist er einer, der sich das schlechte Gewissen der Kirche ausgeborgt hat? Oder einer, der entdeckt hat, daß Christus ein Sozialist war? Oder bezieht er ganz einfach die Kraft zur Rebellion aus dem Christentum? Aus was für einem Christentum? Aus dem erzkonservativen polnischen Christentum, aus dem fortschrittsfeindlichen polnischen Christentum? Warum ist es einer erzkonservativen Kirche in zweitausend Jahren nicht gelungen, die Provokationen ihres Gründers zu beseitigen?

Meine gute Frau mit dem Farbtopf weiß es: »Jesus – Sieger.« Sie meint das nicht politisch.

Bin ich unredlich, wenn ich als Sozialist von den Kirchen Christlichkeit fordere? Oder bin ich unredlich, wenn ich glaube, ich sei kein Christ? Ist es die christliche Tradition, die mich zum Sozialisten gemacht hat?

Wir werden, davon bin ich überzeugt, immer wieder darauf zurückkommen müssen. Offensichtlich bewahrt das Christentum seine Sprengkraft, und offensichtlich gelingt es der Kirche nie, so konservativ zu sein, wie sie sein möchte. Sie mag vielleicht nicht sehr christlich sein, aber der Verrat an Christus gelingt ihr nicht. Sie wird zum mindesten mit ihrem schlechten Gewissen leben müssen, und wir werden sie zum mindesten auf dieses schlechte Gewissen verpflichten.

Ob die Kirche etwas beitragen wird und kann zur Verbesserung der Welt – ich weiß es nicht, und ich zweifle daran. Was sie aber nie verhindern kann, das ist, daß sich Weltverbesserer auf ihren Gründer beziehen werden. Solange es sie noch gibt, wird sie das nicht verhindern können.

1981

Über meine Unfähigkeit, MM zu lieben

Eine erbärmliche Bemerkung zum Film
»Behinderte Liebe« von Marlies Graf

Ich nehme an, daß es Filmern nicht anders geht als Literaten. Das, nach dem man dauernd gefragt wird – das Anliegen –, ist oft nur ein Nebenbei. Schließlich ist man Filmer und nicht Anliegensvertreter, und um einen Film machen zu können, braucht man eben ein Thema.

Daß Randgruppen als Themen besonders geeignet sind, wußte man schon lange, bevor es Filme gegeben hat. Literarische Muster sind genügend vorhanden, und der Schweizer Film hat darin bereits ein wenig Routine gefunden. Technisch kann es kaum mehr richtig schiefgehen.

So bleibt denn die Suche nach dem geeigneten Thema. Als Marlies Graf vor Jahren von ihrem Projekt erzählte, da war eines sicher, sie hatte ein Thema gefunden: Invalidität und Sexualität, eine Entdeckung, an die man nie gedacht hätte. Man teilte ihr auch mit, daß man sehr interessiert sei, gespannt sei. Man gratulierte ihr zu ihrem Mut, erklärte, daß das schwer sein werde, erwartete wieder einmal mehr ein bißchen Einblick in eine fremde Welt und war zum voraus bereit, den Einblick mit der entsprechenden Sentimentalität entgegenzunehmen, Vorwürfe zu akzeptieren und sie an die Gemeinheit der Natur und die kapitalistische Gesellschaft weiterzuleiten. Die Spannung, das war zu erwarten, lag in der Brisanz des Themas. Eigentlich, das fällt mir hinterher auf, habe ich Marlies Graf angelogen, als ich ihr sagte, daß ich gespannt sei. Daß ich hinterher auch betroffen sein werde, auch das war von mir zu erwarten, und ich wäre es auch pflichtbewußt gewesen.

Nur eben, Betroffenheit ist ein Wort, dessen Wörtlichkeit einem selten einfällt. Ich habe jedenfalls nicht echte Betroffenheit erwartet. Ich habe nicht erwartet, daß dieser Film mich, mich persönlich betrifft. Ich habe nicht erwartet, daß es ein Film über mich wird – zum mindestens so sehr ein Film über mich, wie es ein Western ist, mit dem Unterschied, daß meine Identifikation mit dem Westernhelden frei ist. Hier im Film von Marlies Graf werde ich darauf verpflichtet: Invalide führen mir meine Invalidität vor. Sie tun dies so selbstverständlich, daß mir nicht einmal der Ausweg des Erbarmens bleibt. Erbarmen mit ihnen wäre ein Mißverständnis gegenüber ihrer Forderung, Erbarmen mit mir wäre unter diesen Umständen schäbig.

Was vorerst einmal gedacht war als die Darstellung von Sexualproblemen Invalider, das wird plötzlich zur Darstellung meiner eigenen Liebesunfähigkeit. Was für mich schon längst Sex heißt, heißt für sie – die Invaliden – immer noch Sexualität. Sexualität ist ein menschliches Bedürfnis, Sex ein Klischee. Die Hilflosigkeit gegenüber Invaliden ist meine Invalidität. Da nützt es nichts, die Natur als ungerecht zu erklären – gesellschaftliche Befreiungsmodelle scheitern.

Nichts zu machen – kein Fazit, keine Lehre, keine Moral.

Aber irgendwo bleibt die kleine Ahnung zurück, daß der Traum von der Befreiung vielleicht halt eben doch nicht an der Natur scheitert, sondern an unseren Klischees.

Ich schreibe bereits dummes Zeug über den Film. Meine Hilflosigkeit: der Versuch, durch Selbstdarstellung doch noch einigermaßen anständig davonzukommen.

Eines scheint mir sicher: Hier macht nicht in erster Linie das Thema betroffen, sondern der Film, die Filmarbeit. Das ist eben nicht mehr ein Film »über«, sondern das ist ein Film »von«. Er spricht nicht über die Sache, sondern er handelt von der Sache und in der Sache.

Es ist nicht das erste Mal, daß sich Marlies Graf in den Kopf gesetzt hat, einen Film in echter Teamarbeit mit den Betroffenen zu machen. Als man von Schwierigkeiten während der Arbeit hörte, hat man sie belächelt und hielt die

Schwierigkeiten für unnötigen Ballast, den sie sich selbst durch ihre Vorstellung von Teamarbeit angehängt hatte. Das Modell von der Teamarbeit ist bekannt, und selbst Linke haben ein sanftes Lächeln übrig für sein Scheitern. In der Regel ist es ja doch so, daß solche Arbeitsmethoden nur aufgesetzt werden auf eine feste Vorstellung.

»Behinderte Liebe« ist für mich vor allem auch ein Film über die Entstehung eines Films – über die Entstehung eines Spielfilms vielleicht, herkommend vom Selbsterfahrungstheater, mitunter mit eingeübten, »gestellten« Szenen. Auch das ist nicht neu, daß Leute ihr eigenes Leben spielen, daß Rolle und Leben identisch werden. Aber hier spielen Leute Rollen, die sie auch im Leben als Rollen zu spielen haben, und sie spielen während des Spielens die Rolle weg, beginnen trotzig zu leben, versuchen das Leben mit Wörtern zu erreichen, vergessen theaterspielend die Rolle und produzieren etwas, das nur sie produzieren können – diesen Film. Sie tun es nicht im Sinne von Arbeitstherapie, sondern sie riskieren etwas, das Ziel ist nicht Glück.

Vom tapferen Invaliden, vom fröhlichen Invaliden, vom Kinderlähmungsmädchen, das die Dressurprüfung bei den olympischen Spielen gewinnt, davon habe ich gehört. Nun stelle ich fest, zu meinem Entsetzen, daß ich Invalide überhaupt nicht kenne. Ihre Tapferkeit würde es mir leicht machen, ihre Fröhlichkeit könnte mich motivieren, und wenn es einen Gott gäbe, dann wäre alles in Ordnung. Ich bin auf Erbarmen getrimmt worden. Eine gute Zahl von andern Filmen über Invalide war so etwas wie ein Wiederholungskurs für mein Erbarmen. Nun kommen Invalide und machen einen Film, und ich stehe mit meinem Erbarmen da wie einer, der seinen Kuchen nicht abbringt, mit dem er etwas Schiefes auf billige Art wieder einrenken wollte.

Ich bin beleidigt und sehe die Beleidigung ein. Ich erinnere mich daran, wie weh es mir tat, als mich in Amerika ein Neger zum ersten Mal bewußt schlecht behandelte. Er tat es, weil ich ein Weißer war, und es stimmt, ich bin einer. Er verlangte von mir nicht, daß ich schwarz werde. Und er erwartete von mir nichts, gar nichts. Er nahm mir jede Chance, die Situation zu besänftigen. Ich kam mir nicht ihm gegenüber schäbig vor, sondern ich fand mich schäbig in der Erinnerung daran, daß es mir schon oft gelungen war, Situationen auf billige Weise zu besänftigen.

So wie ich damals mit meiner Weiße vor seiner Schwärze gestanden bin, so stehe ich in diesem Film mit meinem Sex vor ihrer Sexualität, und ich erkenne in ihrer Invalidität meine eigene. Das wäre sehr unanständig, wenn ich das zu ihnen sagen würde, aber ich sage es zu mir. Ich kenne – und ich erkenne hier – meine Liebesunfähigkeit. Ich kenne sie, weil sie mir genügend oft bewiesen wurde, und sie wurde mir von Frauen bewiesen, die nicht invalid sind. Ich meine nicht etwa Impotenzängste – ich meine Liebesunfähigkeit. Und es fiel mir recht leicht, davon nicht allzusehr erschüttert zu sein.

Hätte jemand einen Film über die Sexualität der Invaliden gemacht – wie gesagt, ein solcher Film war zu erwarten –, ich hätte – wie gesagt – auch geschrieben, er habe mich betroffen gemacht. Nun haben aber Invalide einen Film über mich gemacht. Ich bin betroffen. Ich kann die Situation nicht besänftigen.

Wir haben uns als geübte Filmkonsumenten daran gewöhnt, daß wir vorschnell von Formalem sprechen, wenn uns das Thema zu heiß wird. Hier kann ich mir die umgekehrte Verdrängung vorstellen: Weil es die Form, die Art des Films ist, die betroffen macht, könnte man hier versucht sein, auf das Thema auszuweichen. Das Thema kann ich bewältigen: Ich kann einen Schwarzen nicht weiß machen.

»Behinderte Liebe« hat all das, was wir uns unter »Dokumentarfilm« vorstellen, hinter sich gelassen. Er dokumentiert nicht, sondern er führt mit einem Hauch von Spielfilm Leben vor. Er zeigt die Agierenden bei einer Arbeit, bei der

Arbeit, einen Film zu machen. Die wirkliche Wirklichkeit durchkreuzt den Film immer wieder wie eine Diagonale, aber sie ist letztlich nur erahnbar und nicht sichtbar. Man weiß nicht, ob hier mit Film Leben oder mit Leben Film überprüft wird. Man erahnt, daß mit den Agierenden etwas geschieht, daß sie diese Arbeit nicht so verlassen haben, wie sie sie angetreten haben. Man erahnt, daß das, was mit ihnen geschieht, nicht wertlos ist, aber wertfrei. Sie haben sehr viel investiert in diesen Film: sich selbst, und es ist zu befürchten, daß sie ihre Investition nicht ganz zurückbekommen.

Es wäre zu wünschen – ich spreche als Laie, und es fällt mir schwer, einen Film zu beschreiben – es wäre zu wünschen, daß »Behinderte Liebe« Filmgeschichte macht. Ich fürchte, er wird nicht, denn nur Wiederholbares macht Geschichte. Aber vielleicht wird der Film ein Beitrag zum Thema »Teamarbeit«, zum Thema »Selbsterfahrungstheater«, vielleicht fordert er auf, auch Dinge darzustellen, deren böser Verursacher nicht unbedingt bekannt ist – außer er würde sich selbst stellen.

»Behinderte Liebe« ist – man muß es banal sagen – ein Film über Liebe. Ich bin als Voyeur reingegangen und als Betroffener rausgekommen.

Ich habe es übernommen, den Film hier zu beschreiben. Was ich geschrieben habe, ist meine Entschuldigung dafür, daß ich's nicht kann. Ich hoffe, man nimmt mir das ab und schaut sich den Film an.

Immerhin, eine Szene: Gegen Ende des Films liegt ein Mann, ein – verflucht, wie heißt eigentlich das Gegenteil von invalid; gesund wäre lächerlich – ein uninvalider Mann also neben einem invaliden Mädchen. Er ist ihr Freund, bemüht sich, ihr Freund zu sein. Er liebt sie, aber er ist nicht fähig dazu.

So, wie er in diesem Film liegt, so sind schon Männer neben Schönheitsköniginnen gelegen, neben Marilyn Monroe und neben der Serviertochter vom »Bären«. So liegen Männer neben ihren Ehefrauen, so liegen Männer, so…

Ich weiß nicht, vielleicht war es dieses Liegen, was mich so erinnerte, aber ich bin überzeugt, daß meine Unfähigkeit, mit Invaliden umzugehen, auch mit meiner Unfähigkeit zu tun hat, Marilyn Monroe zu lieben.

Und nach dieser Szene sagt Ursula: »Dann pfeif ich doch drauf, dann laßt es doch, müßt mich doch nicht als Frau akzeptieren. Dabei möchte man es ja, es wäre ja das, was man sich wünschte… Die Vorstellung, daß das eine andere Frau hören würde: Ich habe es nicht fertig gebracht, mit ihr zu schmusen. Ja gut, das hört vielleicht eine Dicke auch, oder irgend mit Makel Behangene, aber also, das ist doch wahnsinnig eigentlich.«

1979

Wie deutsch sind die Deutschen?

Es gibt einen plumpen und faden Witz zur Papstwahl. Frage: »Wer wird wohl gewählt?« Antwort: »Sicher wieder ein Katholik.« Mir fällt dieser dumme Spruch zu den deutschen Wahlen ein: »Sicher wieder ein Deutscher!«

Was ist das: »Ein Deutscher«? Wir Schweizer haben unsere Vorstellungen davon. Wir sind ganz sicher, daß wir die Deutschen erkennen, überall und unter allen Umständen. Das heißt, wir nehmen an, daß sie ganz sicher anders sind, ganz anders als alle anderen.

1948 – ich war dreizehn – sah ich den ersten Deutschen, leibhaftig. Es muß seine Gründe haben, daß mir dieses Wort dazu einfällt. Es war irgendwo in der Gegend von Saas Fee, er hatte ein altes Motorrad, sah freundlich aus und war es auch. Mein Vater sprach mit ihm, das überraschte mich immerhin, und der Deutsche sagte sehr bald, daß er kein Nazi gewesen sei. Das nahm ihm mein Vater sehr übel. Natürlich konnte das – übersetzt in schweizerisches Sprachverhalten – nur heißen, daß der Deutsche mit Sicherheit ein Nazi gewesen war.

Ich habe später Deutschland und Deutsche kennengelernt, und das erste, was mir an ihnen auffiel, war Sprache. Eine Sprache, die uns keineswegs fremd ist, eine Sprache, die auch wir lesen und schreiben, für uns keine Fremdsprache, wir empfangen schließlich das deutsche Fernsehen, und alles ist Wort für Wort verständlich. Ich gewöhnte mich auch an den mündlichen Gebrauch recht schnell. Doch mehr und mehr muß ich feststellen, daß ich deutsche Umgangssprache nicht einschätzen kann. Ich weiß nicht genau, was hochdeutsche Sätze und Wörter bedeuten. Die Mentalität, die hinter ihnen steht, ist mir fremd.

Ich habe mit Studenten an der Universität Essen unter anderem Unterschiede zwischen gesprochener und geschriebener Sprache herausarbeiten wollen. Ich scheiterte, wir konnten uns darüber nicht verständigen. Ein schweizerdeutscher Satz, übersetzt ins Hochdeutsche, ist eben noch lange nicht hochdeutsche Umgangssprache.

Erst da begann ich, den Deutschen bewußt zuzuhören. Ich achtete auf deutsche Sätze im Speisewagen, im Restaurant und auf der Straße. Ich schrieb die Sätze auf und legte sie meinen Studenten vor. Ich fand die Sätze eigenartig oder komisch, sie aber fanden nichts Besonderes daran, sie sagten: »Ja, so spricht man.«

Zwei Beispiele:

»Dürfen wir hier Platz nehmen, es kommt nachher dann sogar noch einer dazu, darf der dann auch Platz nehmen?«

»Herr Ober, wir haben uns eben da rüber gesetzt, weil wir jeden Sonnenstrahl ausnützen wollen.«

Als Schweizer halte ich das für Papiersprache. So spricht man nicht. So schreibt man höchstens, wenn man schlecht schreibt. Wir würden das auf Schweizerdeutsch kürzer machen oder sein lassen.

Wir Schweizer haben nicht den Eindruck, mit Sprache umzugehen, wenn wir sprechen. Wir sprechen die Dinge nicht aus. Inhalte werden bei uns verinnerlicht und nicht ausgesprochen. Die Deutschen aber sprechen. Ich bin inzwischen eigentlich sicher, daß jener in Saas Fee kein Nazi war. Deshalb hat er es wohl auch gesagt. Bei uns aber kommen jene, die sprechen, in Verdacht. Eine Rede in der Schweiz ist immer eine Ausrede. Und die Deutschen, die sprechen uns zu viel. Sie sprechen immer, und sie sprechen alles aus.

Es ist für mich recht schwer, einen deutschen Freund zu begrüßen. Das schweizerische »Sali« genügt nicht, und daß er mich mit einem ganzen Wortschwall überschüttet, das stört mich. Er sagt: »Ich freue mich sehr, dich wiederzusehn. Du weißt gar nicht, wie sehr wir dich vermißt haben, wir werden auch ganz bestimmt, aber vorerst einmal...«

Auf Schweizerdeutsch wäre das nicht nur unglaubhaft, sondern auch lächerlich. Ich verstehe jedes Wort, ich verstehe den Inhalt, es ist dieselbe deutsche Sprache wie unsere, nur etwas anders ausgesprochen. Aber ich befinde mich in einem sehr fremden Land. Die Sprache dieses Landes ist keine Fremdsprache, aber sie behandelt Inhalte, die von uns sprachgehemmten Schweizern nicht sprachlich behandelt werden. Das ist auch der Grund, daß wohl niemand so große Schwierigkeiten mit den Deutschen hat wie wir Deutschschweizer. Weil sie eine Sprache sprechen, die wir zu verstehen glauben, erschrecken wir so sehr, daß sie ganz anders sind. Wir freuen uns über das Anderssein der Amerikaner, der Franzosen; das Anderssein der Deutschen ist und bleibt ein Ärgernis. Und das Anderssein hat mit einem anderen Bewußtsein zu tun, oder vielleicht sogar mit *mehr* Bewußtsein.

In Deutschland werden die Dinge ausgesprochen. Es gibt zum Beispiel Radikalenerlasse und Berufsverbote in der Bundesrepublik. Sie werden auch bekämpft und diskutiert. Bei uns in der Schweiz ist das sehr viel einfacher: Die Lehrer werden gewählt oder eben nicht gewählt. Die Chance eines linken Lehrers ist bei uns Zufall. In der Bundesrepublik ist nicht nur das Verbot Gesetz, sondern auch die Chance eines linken Lehrers. Das Verbot ist unschön, aber man wagt es auszusprechen und setzt damit Grenzen, auf die man vertrauen kann. Die nicht festgelegte schweizerische Hetzjagd unter dem Deckmantel der Demokratie ist undemokratischer.

Die Assistenten, die ich kennengelernt habe, an der Universität Essen, die waren alle schon einmal in irgendeiner Form gekündigt. Sie haben sich auf dem Beschwerdeweg oder gerichtlich dagegen gewehrt. Jetzt sind sie noch da und grüßen ihren Professor so freundlich wie zuvor. Man geht in Deutschland für seine Rechte vor Gericht, viel schneller und öfter als bei uns. Das hat mitunter seine Vorteile. Es hat aber auch seine Nachteile, weil von da weg alles Wort für Wort ausgesprochen und ausformuliert ist – weil es kein Zurück mehr gibt. Man vertraut in der Bundesrepublik dem Gesetz, man vertraut der Sprache und eigentlich nur der Sprache. Schweizerischem »Nicht-davon-Sprechen« ist das nicht geheuer. Wir ertragen sprachliche Exaktheit nicht und machen lieber Verfassungsartikel, die ein unbrauchbares Sowohl-als-Auch beinhalten.

Deutscher Exaktheit wäre unsere Unentschiedenheit ein Greuel. Die Deutschen schaffen eine Bürokratie, die fast unerträglich ist – Formulare, Formulare, Formulare: Es gibt in diesem Land nichts mehr, was nicht gesetzlich geregelt wäre. Und die Sprache, in der diese Bürokratie stattfindet, ist für uns Schweizer nun allerdings eine Fremdsprache. Ich war in Essen nicht fähig, auch nur ein einziges Formular auszufüllen. Ich habe die Sprache auf den Formularen als Deutsch erkennen können, aber keinen Satz verstanden. Auch die Deutschen beklagen sich darüber, aber da gibt es kein Zurück mehr. Die Formulare nehmen dauernd zu – mit ihnen auch, das muß gesagt sein, die Gerechtigkeit. Aber wo endet das? Kann man Demokratie durch Gesetz erzwingen? Ist der Gerichtshof der Ort, wo Demokratie verwaltet wird? Ich meine das als echte Fragen, und entsprechende Gegenfragen an die Schweiz wären nicht unberechtigt.

Diese exakte, unumstößliche hochdeutsche Sprache: In kleinen New Yorker Experimentiertheatern habe ich drei Mal erlebt, daß irgendeiner in einer Fantasiesprache zu schreien anfing. Ich wußte nicht, was das soll, und fragte meinen amerikanischen Begleiter. Er erklärte mir, daß der Schauspieler nun Deutsch nachahme. Das Publikum schien das offensichtlich zu begreifen. Ich konnte dabei nichts Deutsches hören. Ich habe mich ein bißchen geärgert und mich dabei mit den Deutschen solidarisiert. Der Schauspieler hatte nun doch auch meine eigene Sprache verhunzt, ich war nun doch auch ein Deutschsprechender.

Ich frage mich, ob nicht vielleicht auch mein Sprachbild von den Deutschen ähnlich falsch ist. Die Deutschen sprechen nicht so, wie Hitler sprach. Sie bemühen sich auch, nicht so zu sprechen. Ich schäme mich dafür, daß ich Hitler immer noch nicht vergessen kann, wenn ich meinen deutschen Freund sprechen höre.

Die Deutschen sind die Opfer eines Klischees. Wir sind überzeugt, daß sie diesem Klischee gleichen, und sehen sie als Karikaturen. Die vielen, die dem Klischee nicht gleichen, die bezeichnen wir einfach als nicht typisch deutsch. Wir glauben zu wissen, was von Deutschen zu erwarten ist.

Ich höre es hier in der Schweiz immer wieder: »Die Wiedervereinigung der Deutschen würde Krieg bedeuten. Die würden losschlagen.« Woher beziehen wir dieses Wissen? Wie kommen wir darauf, daß bundesrepublikanische Deutsche kriegswütig sind? Fast scheint mir, es ist so etwas wie negative Heldenverehrung. Wir trauen den Deutschen alles zu. Wir glauben, daß die Deutschen alles können – daß sie zum Beispiel auch den Krieg können. Und wir glauben nicht daran, daß jemand auf etwas verzichtet, was er kann.

Ich besuche eine Frau in Deutschland. Auf dem Tischchen neben dem Sofa steht ein gerahmtes Foto, ein junger Mann in der Uniform eines hohen SS-Offiziers. Ich erkenne ihn. Man kennt ihn. Die Frau sagt: »Das ist mein Vater – ich weiß schon. Aber ich habe ihn nur als kleines Kind gekannt, und ich hatte ihn wirklich gern, er war ein sehr lieber Vater.« Die politischen Meinungen der Frau sind ähnlich wie meine. Sie ist eine Linke. Sie ist gleich alt wie ich. Aber ich bin Schweizer.

Ich treffe einen Mann, zufällig bei einem Freund, ein kleines Fest. Der Mann spielt Handorgel und kennt alle linken Lieder – auch er etwa in meinem Alter. Plötzlich sagt er, daß er einer der beiden Verteidiger von Eichmann war, bezahlt von Israel, einfach ein Mandat, das er als Jurist übernommen hat. Er scheint zu wissen, daß es mir nicht leicht fällt, eine solche Mitteilung einfach hinzunehmen. Er sagt, wie schwer ihm sein Mandat gefallen sei. Wir sprechen dann nicht weiter davon. Aber ich beginne den Mann zu beobachten. Ich achte auf seine Sätze. Ich höre ihm genau zu. Nichts spricht gegen ihn. Er wird, da bin ich sicher, sozialdemokratisch wählen. Er ist, da lege ich die Hand dafür ins Feuer, kein alter Nazi und kein Neonazi. Auch er etwa in meinem Alter. In meinem Alter, aber ein Deutscher.

Die Deutschen hatten – dafür konnte ich sie vor Jahren noch beneiden – einen Paß und eine Nationalität, auf die man nicht stolz zu sein brauchte. Aber ich erinnere mich auch an meinen Ärger, als sie 1954 Fußballweltmeister wurden – an meinen Ärger darüber, daß sie sich freuten. Und ein drittes Aber: Ich komme mir immer ein bißchen schlecht vor, wenn ich im Ausland gefragt werde: »Sind Sie Deutscher?« und ich sagen muß: »Nein, Schweizer.« Es kommt mir dann so vor, als hätte ich mich meiner deutschen Freunde geschämt und sie im Stich gelassen. Schweizer-Sein ist dann vor allem Nicht-Deutscher-Sein.

Deutschsein gilt als negative Qualität. Man hört bei uns den Satz: »Ich kenne einen Mann aus Hamburg, aber er ist ganz und gar kein Deutscher.« Kein Deutscher bleibt unbeobachtet. Wenn er sich aber als Mensch entpuppt, dann sagen wir, er sei nicht deutsch.

Unser verinnerlichtes Feindbild ist immer noch Deutschland. Das deckt sich zwar nicht mit unserem militärischen Feindbild. Aber wenn ich das Wort »Grenze« höre, dann denke ich an den Rhein. Weshalb fürchten wir uns so vor den Deutschen? Vielleicht, weil wir wissen, wie schlecht wir von ihnen reden – und weil wir Angst haben, sie könnten das auf die Dauer nicht ertragen. Wir fürchten, daß sie sich entscheiden könnten, die Unbeliebtheit anzunehmen – ungeliebt, aber mächtig werden zu wollen. Wir geben den Deutschen keine Chance und fürchten, sie könnten sich die

Chance selbst nehmen. Wir trauen ihnen das zu, und die politische Leistung dieses Landes wird bei uns abgetan mit der Formel »Wirtschaftswunder«.

Dabei ist die Bundesrepublik ein erstaunliches Land. Kein Land der Welt nie und nirgends hat innerhalb von drei Jahrzehnten so viel Demokratie, so viel Rechtsstaatlichkeit und so viel soziale Gerechtigkeit erreicht und geschaffen wie dieses Land, das wir hier in der Schweiz und in der westlichen Welt als »Deutschland« bezeichnen. Näher bezeichnet wird nur der andere Teil.

Was Deutschland erreicht hat, das ist nicht einfach der Erfolg des Fleißes, das ist nicht der Erfolg der deutschen Sturheit, sondern das ist ein Erfolg des Denkens, des Sich-Besinnens, der Konsequenz – und ein deutscher Erfolg insofern, daß hier eben die Dinge ausgesprochen und Wort für Wort als Gesetz niedergelegt werden.

Die Bundesrepublik ist eine Hoffnung. Wenn sie scheitern sollte, dann gibt es eine Hoffnung weniger in der Welt. Auch das mag ein Grund dafür sein, daß wir die Deutschen so penetrant beobachten. Was passieren wird, das wissen wir zum voraus: Sie werden »deutsch« sein – wir wissen nur noch nicht, wann.

Und die Deutschen fühlen sich beobachtet. Sie wissen, daß es darum geht, so wenig deutsch wie möglich zu sein, aber das Undeutsch-Sein mißlingt ihnen. Es mißlingt ihnen ganz einfach sprachlich. Es mißlingt ihnen, weil sie darüber reden. Es mißlingt, weil sie diese Forderung der Welt halbwegs angenommen haben – es ist eine unmenschliche Forderung. Man muß sich vorstellen, was es bedeuten würde, wenn eine ganze Welt von uns Schweizern verlangen würde, unschweizerisch zu sein, oder von den Franzosen, daß sie unfranzösisch sein müßten.

Was waren denn Deutsche vor 1933 und vor 1914? Ich weiß es nicht. Wissen es die Deutschen? Würde ihnen dieses Wissen etwas nützen? Unter was für Bedingungen haben sie denn undeutsch zu sein?

Ist es vielleicht so, daß *wir* die Bedingungen stellen? Daß *wir* – das übrige Europa – beschlossen haben, wie die Deutschen waren und daß sie nicht mehr so zu sein haben? Wir stellen die Bedingungen, und sie erschrecken uns immer wieder als Musterschüler. Eigentlich lernen sie alles zu schnell.

Ich gestehe, daß ich grauenhaft Mühe habe mit den Deutschen. Wenn ich sie treffe, klappern sie alles herunter, was sie kennen und gelernt haben. Ich komme mir vor wie ein Lehrer, der nicht bereit ist, dem Musterschüler eine faire Note zu machen. Dabei habe ich persönlich nur eine sehr vage Vorstellung davon, was Deutschland vor 1933 war, als Deutsche noch so etwas wie Deutsche sein durften. Ich kenne keine deutsche Lebensart, und das Wenige, was ich weiß, beziehe ich aus der Literatur. Es liegt so zwischen Thomas Mann und Hans Fallada, zwischen dem gepflegten Salon und der proletarischen Straße. Für dieses Deutschland der proletarischen Straße – es mag romantisch sein – habe ich eine Neigung, es kann mir gefallen. Ich finde oder fand noch einen Hauch davon in der Berliner Eckkneipe. Aber im Zentrum von Berlin – in Charlottenburg – finde ich es kaum mehr. Der Duft der großen weiten Welt, bezahlt und eingekauft, hat auch Berlin erreicht.

Sie machen mir grauenhaft Mühe, die Deutschen, wenn sie einkaufen und bezahlen. Schlechtes italienisches Essen und schlechtes französisches, griechisches, jugoslawisches Essen ist hier leichter zu finden als einfaches, gutes deutsches Essen. Das Eisbein ist inzwischen unter der Würde eines Deutschen, und gutes deutsches Essen kenne ich nur noch von meinem Leibkoch Günter Grass. Soll ich nun deshalb sagen, er sei der einzige Deutsche oder der einzige Nicht-Deutsche? Beides ist in diesem Zusammenhang falsch, weil es in diesem Zusammenhang wohl kaum Zusammenhänge gibt.

Die Deutschen oder Nicht-Deutschen gehen zum Italiener, zum Griechen, zum Jugoslawen. Aber sie gehen zu einem Italiener, der sein Geschäft mit Deutschen macht und weiß, wieviel Zucker für den deutschen Geschmack dem Wein beigefügt werden muß. Er weiß, daß sie das Fleisch mit Soße mögen, und er serviert Gerichte mit italienischen Namen für deutsche Soßen. Im französischen Restaurant gibt es gebackenen Camembert: ein Stück Käse ins ranzige Friture-Öl getaucht – ich weiß nicht, ob es das irgendwo in Frankreich gibt. Aber hier in Deutschland scheint das die französische Küche zu sein.

Die Deutschen sind eigenartige Internationalisten. Sie haben sich wirklich der Welt geöffnet, aber sie können es nicht lassen zu erobern. Sie begreifen und ergreifen zu schnell. Sie verstehen die Welt nur, wenn sie eingedeutscht ist, und sie bezahlen so gut, daß sich für die Ferienländer das Verdeutschen ihrer Kultur lohnt. Ein Restaurant in Spanien bietet »Deutsche Paella« an. Ich kann mir darunter nichts vorstellen und frage mich ernsthaft, ob sich die Deutschen darunter etwas vorstellen können. Die Deutschen sind politisch ganz und gar keine Imperialisten, aber ihr untauglicher Versuch, kosmopolitisch zu sein, wirkt imperialistisch.

Und sie lernen ihre Internationalität. Deutsche Frauenzeitschriften zum Beispiel sind so etwas wie Schulbücher für eingedeutschte Exotik. Das kaum realisierbare Rezept für ein kompliziertes französisches Gericht – mit wunderbarem Farbfoto – ist nichts anderes als ein moralischer Hinweis. Man redet der deutschen Frau ein, daß sie ein besserer Mensch ist, wenn sie französisch ißt.

Gibt es vielleicht einen Unterschied zwischen bundesrepublikanischer Politik und deutschem Leben?

Und während des Essens reden die Deutschen von Rezepten. Meine helvetische Seele hält das für Pornographie. Ich kann nicht essen, wenn von Rezepten gesprochen wird. Aber man kann mit einem Deutschen keine Spaghettis essen, ohne daß er dauernd über Spaghettis spricht und seine gesamten Spaghetti-Erfahrungen ausbreitet. Spaghettis sind ihm nicht selbstverständlich. Essen ist ihm nicht selbstverständlich. Nichts ist ihm selbstverständlich. Alles muß in Sprache umgesetzt werden. Er muß sich dauernd selbst überreden. Geplauder ist ihm fast unbekannt. Er nennt die Meter und die Höhe und die Dauer, er spricht von Fakten, und er hat zu jedem Ding seine Philosophie und verschwört sich darauf. Er hat sogar den Verdacht, daß die Franzosen selbst das Französische falsch aussprechen, weil sie es zu wenig auf der letzten Silbe betonen. Sie machen hie und da den Eindruck, sie müßten den Franzosen beibringen, richtige Franzosen zu sein. Einem Deutschen ist etwas Ähnliches im letzten Jahrhundert gelungen: Karl May. Er hat die Indianer erfunden. Wir Schweizer sind zwar auch Schulmeister, aber die Schulmeister mit der gerunzelten Stirn. Die Deutschen sind die Schulmeister, die sprechen und erklären. Sie haben ihre Vorstellungen von Italien, von italienischem Wein und setzen diese Vorstellungen auch durch.

Dabei sind sie keineswegs weltfremd. Die politische und soziale Analyse anderer Länder gelingt ihnen. Bücher von deutschen Autoren über das Ausland sind immer wieder von hohem Sachverstand – von höherem jedenfalls als diese meine Zeilen über Deutschland. Deutsche Autoren verlassen sich nicht auf Gefühl, sie suchen die Fakten, und sie sprechen sie aus und formulieren. Und man kann einem, der deutsch schreibt, keinen Vorwurf machen, wenn er dabei auch eindeutscht. Etwas schwieriger wird es beim deutschen Publikum, das dann schließlich die ganze Welt als bare deutsche Münze nimmt, denn es kennt ja Marlon Brando auch nur deutsch sprechend, und alles, was Ausland ist, ist ein deutsches Abenteuer im Stile von Karl May.

Aber so etwas kann ja auch nur passieren und nicht absichtlich gemeint sein. Doch niemand gesteht einem Deutschen zu, daß ihm etwas zufällig passiert. Das Volk der

Dichter und Denker – so nehmen wir an – tut alles absichtlich, überlegt und in voller Verantwortung. Den Österreichern ist der Nationalsozialimus nur passiert, den Italienern ist der Faschismus nur passiert – verziehen und vergessen. Die Deutschen aber haben ihn gemacht, willentlich. Man gesteht einem Deutschen nie zu, daß er Opfer sein könnte. Er ist immer Täter. Er hat den Ruf, intelligent zu sein, fleißig zu sein. Man lobt ihn dafür und fürchtet sich davor. Man weiß, daß zum Beispiel sein Weltmeistertitel im Fußball mit Schweiß und Arbeit errungen worden ist. Man weiß auch, daß die Deutschen gewinnen können, gewinnen werden, man staunt. Aber man ärgert sich über ihren Sieg. Und man ärgert sich noch viel mehr darüber, daß sich die Deutschen über den Sieg freuen. Wenn sich ein Deutscher über Deutschland freut, dann kommt er in Verdacht. Wir glauben, daß er eigentlich kein Recht hat, sich über Deutschland zu freuen. Und weil wir den Deutschen das antun, glauben wir immer noch, daß Deutschland nichts anderes im Sinne hat, als der Welt etwas anzutun.

Mir scheint – nachträglich –, daß der Nationalsozialismus unseren Vätern genau das bewiesen hat, was sie bewiesen haben wollten. Und ich habe den Eindruck, daß wir Söhne den Deutschen alles andere, was sie beweisen, eigentlich nicht glauben.

Dabei hat sich kein anderes Land international so sehr engagiert wie die Bundesrepublik. Internationale Solidarität ist nirgends so wie hier eine Selbstverständlichkeit. Die Bundesrepublik deklariert diese Solidarität nicht nur, sie bezahlt auch. Sollte sich Deutschland isolieren, der Schaden wäre nicht auszudenken. Die EG würde zusammenbrechen, und viele andere internationale Organisationen bekämen immense Schwierigkeiten. Die Bundesrepublik ist ein friedlicher Staat, und sie bezahlt für den Frieden. Warum gefällt das so vielen nicht? Warum läßt man unter diesen Bedingungen die Deutschen nicht Deutsche sein? Warum müssen wir sie zum dauernden Mißlingen zwingen? Warum macht es uns so Spaß, daß ihnen trotz Wohlstand das Leben nicht gelingt?

Den Deutschen gelingt das Leben nicht. Ich kann deutsche Lebensart nicht beschreiben, ich frage mich, ob es überhaupt eine deutsche Lebensart gibt. Deutschland hat sich zwar in den letzten zwanzig Jahren verändert. Die Deutschen sind sichtbar wohlhabend geworden. Aber mir scheint, sie haben sich mit dem Geld nur mehr Mief angeschafft. Deutschland – leben in Deutschland – macht mich traurig. Die Deutschen erinnern mich an die Unmöglichkeit des Lebens schlechthin. Die Formel »Wirtschaftswunder« – ein bewundertes Wunder zwar – haben wir doch immer nur zynisch gebraucht. Die demütigen, geschlagenen Deutschen paßten uns ohnehin nicht ins Konzept. Sie mußten wieder jemand werden – »Wir sind wieder wer« –, damit sie wieder so deutsch waren, wie wir das wollten. Wir haben bis 1960 gewartet, bis die ersten deutschen Aufschneider wieder da waren, und beim Ersten schon haben wir aufgeschrien: »Aha, die Deutschen, da sind sie wieder.«

Ich bin mit meinem Jahrgang 1935 zu jung, um irgendeine Vorstellung zu haben von etwas wie »Deutscher Kultur«. Ich kenne die Deutschen erst, seit sie nicht mehr Deutsche sein dürfen, seit sie beim Italiener und beim Griechen essen, und ich habe das Eisbein kaum mehr mit einem Deutschen zusammen gesehen. Der Deutsche bezieht und kauft nach und nach alles aus zweiter Hand: die Reise von Neckermann, das Essen aus der Illustrierten, die Erotik aus der Fernsehdiskussion. Es gibt ein Deutschland, aber eigentlich keine Deutschen mehr. Die Deutschen haben ihre Identität nicht mehr gefunden. Sie mußten zu viel beweisen, sie mußten es zu schnell beweisen. Alten unverbesserlichen Deutschenhassern mag das recht sein, denn sie glauben ja zu wissen, was diese Identität bedeuten würde. Sie glauben, daß nur ein Deutscher mit schlechtem Gewissen und Minderwertigkeitskomplex ein guter Mensch sein kann. Ich frage mich, wie lange das die Deutschen noch ertragen werden.

Und die Wahlen?

Jeder Nicht-Deutsche wüßte wohl, wen er zu wählen hätte. Die meisten Deutschen wissen es auch. Sie wissen auch, wer gewählt wird. Mit den Sozialdemokraten sind sie nicht schlecht gefahren. Adenauer hat zwar für neuen Respekt gegenüber Deutschland gesorgt, Respekt vor sogenannten deutschen Tugenden. Brandt hat Deutschland die Welt geöffnet, er hat den Deutschen einen Paß gegeben, für den sie sich nicht mehr zu schämen brauchten.

Ein Mann in meinem Alter in Essen sagt mir: »Ich habe immer sozialdemokratisch gewählt, aber ich habe es noch nie so ungern getan wie diesmal.« Ich frage ihn: »Warum denn?«, und er sagt: »Weil ich diesmal muß.«

Das mag eine politische Aussage sein. Wir kennen das auch vom Schweizer Wirtschaftswunder, der Bruttosozialproduktzwang läßt kaum mehr Alternativen zu, die Politik sinkt in sich zusammen. Aber vielleicht heißt das »Weil ich muß« auch, daß der Deutsche alles, was er tut, vor dem Ausland verantworten muß.

Wie würden wir Schweizer darauf reagieren, wenn wir das müßten? Wir würden wohl trotzen, nationalistisch werden und uns noch mehr isolieren. Jedenfalls hat die Welt – die Dritte und Vierte Welt – vom deutschen Wirtschaftswunder mehr abbekommen als vom schweizerischen. Wir sind nämlich auch Germanen, wir Deutschschweizer, und wir gleichen unserem Nachbarn. Aber wir sind eben unschuldige Germanen. Deshalb können wir uns Dinge leisten, die wir den Deutschen übelnehmen würden. Wir leisten uns das auch. Vielleicht können wir das nur, weil es sich die Deutschen nicht mehr leisten können. Wie anders sind wir denn?

1980

Ungehaltene Rede vor der Schweizerischen Offiziersgesellschaft anläßlich ihrer Tagung »Armee und Umweltschutz«

Meine Herren,

der Brauch will es, daß ein Redner vorerst dankt und lobt, dankt dafür, daß er geladen ist, und die hervorragende Idee lobt, daß eine solche Tagung zu einem so brisanten Thema in einer so schweren und schwierigen Zeit durchgeführt wird. Ich will für einmal auf dieses Lob verzichten, nicht etwa nur, weil diese Tagung gar nicht stattfindet und nur eine fast bösartige Erfindung des Sprechenden ist, sondern auch, weil ich mehr und mehr den Eindruck habe, daß zum Thema Umweltschutz schon fast alles gesagt ist, und die Befürworter von irgend etwas haben es nirgends so schwer wie dort, wo die Gegner fehlen.

Wenn Sie mich eingeladen hätten, dann wüßten Sie, was für eine Position ich beziehen würde. Ich glaube auch, daß ich mit meiner Position bei Ihnen gar nicht so viele Schwierigkeiten hätte, wie Sie und ich zum voraus annehmen würden. So lassen Sie mich heute mal jene Dinge sagen, von denen ich glaube – wenn ich sie auch selbst nicht glaube –, sie müßten einmal gesagt sein.

Wir haben uns zu entscheiden, ob wir unter Humanität unser eigenes Überleben verstehen oder das Überleben dieser Welt und des Lebens schlechthin. Fast scheint mir, dieser Satz, meine Herren Offiziere, könnte aus Ihrer Küche stammen, wenn ich zum Beispiel höre, daß der Soldat im Kampf auf sein eigenes Leben keine Rücksicht nehmen dürfe. »Feigheit vor dem Feind« heißt das.

»Er oder ich«: dafür haben wir uns bis heute stets entschieden. Wir hatten es mit Feinden zu tun, die man so lange wie möglich davon abhalten, abschrecken mußte, überhaupt zu kämpfen. Wir hatten aber auch deutlich zu zeigen, daß wir zum Kampfe gerüstet sind. Man muß den Feind bekämpfen, um selbst zu überleben. Wenn der eine Feind tot ist, überlebt der andere. Unsere Überlebensstrategie hieß rücksichtslose Härte, darauf beharrten wir.

Härte gegen sich selbst, Leistung, Fleiß, Aufopferung: wir haben keine andere Überlebensstrategie, es gibt nichts anderes, als sie weiterzuführen. Wir haben in den letzten Jahrhunderten mit dieser Strategie stets schlechte Erfahrungen gemacht, aber wir leben noch. Und wenn die Erfahrungen wirklich schlecht gewesen wären, dann hätte man doch neue Strategien gesucht und gefunden. Die Resultate unserer Methode – Krisen, Kriege, Vernichtungen und Elend – haben uns und niemandem nie gefallen, aber weil uns die Methode einleuchtete, haben wir sie nie aufgegeben.

Unsere möglichen Feinde sind bekannt, und wir sind gerüstet. Längst ist nicht mehr jedermann unser potentieller Feind, aber nun fällt uns ein neuer Gegner in den Rücken und droht, unsere ganze Überlebensstrategie lächerlich zu machen.

Unser heutiger Gegner heißt Wald.

Er gleicht unseren bisherigen Gegnern nicht, was einige unter Ihnen dazu verführen könnte, die Strategie zu wechseln. Ich warne davor: Wir stehen endlich vor einem Kriege, wo beide Parteien dieselbe Chance haben. Wenn der Wald stirbt, dann sterben wir auch. Der Wald hat sich zu überlegen, ob er mit uns untergehen will oder ob er weiterhin bereit ist, in Koexistenz mit uns zu leben.

Die Kleinmütigen unter uns – die Naturpazifisten – sind bereit, diesem Wald unseren Lebensstandard zu opfern. Unsere Rüstung zum Beispiel ist ein Teil unseres Lebensstandards, und dies in doppeltem Sinne: Sie schafft Arbeit, und sie verteidigt diese Arbeit. Wenn wir unseren Lebensstandard dem Wald opfern, dann werden uns jene, die noch ein paar Bäume haben, unterjochen und versklaven.

Wir hatten immer eine Armee, um unseren Lebensstandard in Kriegszeiten zu verteidigen und um den Lebensstandard zu fördern in Friedenszeiten. Sollen die Opfer unserer Väter, unserer Schweizer Väter, die vor 45 Jahren unsere Grenzen besetzten, für nichts gewesen sein? Sie haben nicht gezittert vor Menschen – sollen wir jetzt vor dem Wald zittern?

Der äußere Feind ist uns bekannt, der innere Feind heißt Pazifist. Der Naturpazifist, mit dem wir es heute zu tun haben, unterscheidet sich in nichts von ihm. Es geht ihm nicht um den Wald, es geht ihm darum, unsere Vorstellung von Leben, von Staat und wirtschaftlicher Freiheit unmöglich zu machen. Den Ostermarschierern ist dies nicht gelungen, die Friedensbewegung ist schwach gegenüber unserer Vorstellung von Frieden. Nun haben sie sich den Schafspelz der Naturliebe übergezogen. Meine Herren Offiziere, meine Herren Direktoren, meine Herren Manager, haben Sie je auf Ihrem morgendlichen Fitneß-Parcours einen jener Naturpazifisten gesehen? War nicht der Wald stets unser Freund in den Manövern?

Nun werden Tempolimits auf der Autobahn gefordert. Es gibt Wissenschaftler genug, die bezweifeln, daß eine solche Maßnahme dem Wald nütze. Den Befürwortern ist das gleichgültig, denn die Herabsetzung der Höchstgeschwindigkeiten bedeutet auch die Herabsetzung von Aggression, ein erster Schritt zum sanften, zum verweichlichten Menschen. Der Ausbildungschef der Schweizer Armee hat eindringlich beklagt, daß der heutige Soldat zu weich sei, daß er aggressiver und härter werden solle. Unser Feind wird immer hart sein und unser Feindbild auch.

Das Schweizer Parlament hat, in verdankenswerter Weise, dringliche Maßnahmen gegen das Waldsterben abgelehnt, weil dies ein Mißbrauch des Dringlichkeitsrechts wäre, und es hat gleichzeitig dringliche Maßnahmen gegen den Borkenkäfer gefordert und beschlossen. Der Borkenkäfer, meine Herren Offiziere, ist unsere Chance. Er gleicht unseren bisherigen Feinden. Wenn wir ihn vernichten, dann haben wir gewonnen. Gegen seine Vernichtung können wir investieren und das Bruttosozialprodukt heben. Der Naturpazifismus der sogenannten Waldfreunde aber ist nichts anderes als ein letzter Versuch, unser Gesellschaftssystem zu untergraben.

Wir vertrauen fest darauf, daß der Wald durchhält und sich nicht von seinen falschen Freunden kaputtreden läßt.

Meine Herren, das ist eine gemeine Rede. Sie ist gemein, weil ich Ihnen etwas unterschiebe, was Sie ja eigentlich nicht denken wollten, und sie ist gemein, weil sie zynisch ist. Ich meine nicht Ironie, ich meine wirklich Zynismus. Und Sie werden mir vorwerfen, daß ich hier verschiedene Zusammenhänge durcheinanderbringe oder gar alles aus den Zusammenhängen herausreiße. Daß es um Zusammenhänge geht und daß man nicht das eine tun kann, ohne das andere zu bedenken, das wissen wir schon lange. Nun ist plötzlich aus den Zusammenhängen *ein* Zusammenhang geworden, aus der Vielzahl der Zusammenhänge ein einziger großer Zusammenhang. Damit wollen wir nicht fertig werden. Ausgerechnet heute, wo wir für die verschiedensten und kleinsten Zusammenhänge hochspezialisierte Spezialisten ausbilden und einsetzen, erreicht uns der eine große Zusammenhang. Ausgerechnet jetzt hat nichts mehr nichts mit dem Waldsterben zu tun.

Die Vorstellung und die Angst davor, daß die Menschen selbst fähig sein könnten, den Weltuntergang zu bewerkstelligen: diese Vorstellung ist alt, und die Politiker und die Militärs hielten sich für die verantwortlichen Sachwalter dieser Vorstellung. Neu ist, daß wir erkennen müssen, daß der Entscheid darüber, ob wir die Welt selbst vernichten wollen oder nicht, kein freier Entscheid mehr ist. Wir haben immer von Sachzwängen gesprochen, nun wird der Weltuntergang selbst mehr und mehr zum Sachzwang.

Haben wir uns nicht stets an Kompromisse gehalten und sind wir damit nicht gut gefahren? Haben wir das Gebot »Du sollst nicht töten« – und ich nehme mich da nicht aus – nicht doch nur immer als bemerkenswerte Diskussionsgrundlage genommen und unsere Kompromisse darüber geschlossen und für gut befunden, weil sie demokratisch waren?

Wir sind stolz auf die Demokratie, und wir wissen, daß sie nur durch Kompromisse zustande kommt. Wir sprechen von freiheitlicher Ordnung, die wir durch Kompromisse aushandeln. Nun will plötzlich eine Umwelt unsere Kompromisse nicht mehr annehmen – die Umwelt, die Natur will sich nicht demokratisch verhalten.

Dafür sollten doch gerade Sie, meine Herren Offiziere, Verständnis haben. Sie haben ja die Armee auch stets der Demokratie entzogen. Sie haben uns immer wieder gesagt, daß eine Armee nicht demokratisch organisiert sein könne, weil es hier um andere Entscheide, um dringende und wichtige Entscheide gehe. Sie haben in Ihren Kursen davon gesprochen, daß es in der Natur Aggressionen gebe und daß der Mensch aggressiv sei. Sie haben stets mit der Natur, mit der Natur des Menschen argumentiert – zum mindesten dann, wenn Sie Ihren Feind beschrieben.

Nun hoffen Sie trotzdem der Natur politische, demokratische Kompromisse vorschlagen zu können. Sie haben auch dieser Natur einen Begriff entlehnt, mit dem Sie Schindluder getrieben haben, den Begriff »Gleichgewicht«. Davon habe ich schon als Kind in der Schule gehört, daß es ein natürliches Gleichgewicht gebe, daß der Mensch dieses Gleichgewicht störe und immer wieder herstellen müsse. Das haben Sie übertragen auf Ihr Geschäft, und Sie tun damit so, wie wenn ihr Geschäft Natur wäre.

Kein Wunder, daß wir erschrecken, wenn die Natur sich plötzlich selbst meldet: erschrecken wie Kinder, die Sankt Nikolaus spielen, und plötzlich steht der echte da.

Ich weiß, daß es die Jäger nicht als Entschuldigung meinen, wenn sie von der Hege sprechen und davon, daß sie den Waldtieren den natürlichen Feind ersetzen müssen. Aber die Nichtjäger hatten da stets ihre Bedenken, weil es ihnen zu überzeugt und zu selbstsicher mitgeteilt wurde. Daß sich der Mensch die Natur zum Untertan machen muß, das heißt doch nicht, daß er ihr den Gott ersetzen muß. Gleichgewicht ist immer nur eine Behauptung, und selbst das Gleichgewicht der unberührten Natur ist letztlich für den Menschen nicht einsichtig.

Dabei rede ich nicht vom Rüstungswettlauf und über die sehr fragliche Vorstellung von Gleichgewicht bei einem mehrfachen Overkill. Gleichgewicht ist nur bis zur Größe Eins vorstellbar. Alles, was darüber ist, ist außerhalb jeden Gleichgewichts. Auch darüber ist schon alles gesagt. Ich kann mir sogar vorstellen, ganz abstrakt vorstellen, daß diese Raketen, daß diese Bomben nie oder nie mehr losgehen. Die weit größere Gefahr scheint mir das Denken zu sein, das ganz nebenbei – sozusagen als Nebenprodukt – diese Waffen produziert hat. Und diese Waffen reproduzieren wieder ein Denken, das uns in neue Irrtümer führt.

Inzwischen ist es längst nicht mehr, meine Herren Offiziere, meine Herren Politiker, Ihr Denken. Es ist unser Denken geworden. Wir sind nicht mehr frei in unserem Denken, weil der Weltuntergang in der Hand von Menschen ist. Weil wir all unser Denken darauf konzentrieren müssen, daß diese Welt noch ein bißchen hält und unser selbstproduzierter Schrecken nicht losgeht, haben wir keine Zeit mehr, uns mit der einfachen – nicht von uns produzierten – Welt zu beschäftigen. Wir behaupten, wir hätten die Technik im Griff, und nun stirbt uns der Wald, diese völlig einfachen und selbstverständlichen Bäume, die es schon gab vor unseren wunderbaren Erfindungen und Entwicklungen.

Und dies ausgerechnet jetzt – nicht etwa während des

Wachstums, sondern danach. Die Soldaten werden nach und nach zu Kriegern ohne Land.

Nein, nicht die Rüstungsindustrie macht die Wälder kaputt. Unser Denken macht die Wälder kaputt, das ganz nebenbei dasselbe Denken ist, das die Rüstung macht.

Meine Herren Offiziere, ich spreche Sie ohne jede Ironie frei von jeder Schuld. Nicht Sie persönlich haben dieses Denken produziert, sondern wir alle. Über Sinn und Unsinn der Verteidigung müßten wir uns bei anderer Gelegenheit streiten. Ich habe nur ab und zu den Eindruck, daß Sie auch gewillt sind, dieses Denken zu verteidigen und uns damit zwingen wollen, standhaft unterzugehen.

Der Vorwurf an mich aber, daß ich selbst keine Vorschläge habe, nicht einmal Ansätze zeige zu einem neuen Denken, dieser Vorwurf ist berechtigt. Aber ich spreche nicht als Wissender, sondern als Verzweifelter.

Wir werden nicht zu einem neuen Denken kommen, bevor wir bereit sind, zuzugeben, daß wir uns in die Katastrophe hineingedacht haben. Wir alle, nicht einfach nur die bösen Bürgerlichen: auch die Marxisten, auch die Sozialisten, auch die Gewerkschafter. Wir haben uns gemeinsam verrannt. Es gibt auch die Krise der Parteien, die Krise des Staates, die Krise des Gesangvereins, wenn Sie so wollen – und da wollen einige wenigstens den Gesangverein retten. Und der Wald stirbt, und da wollen einige wenigstens die Armee retten, und der Wald stirbt immer noch.

Ich bin mit Ihnen einig: Es ist verdammt unnötig, daß er ausgerechnet jetzt stirbt. Wir hatten schon die ersten Bedenken gegenüber dem Wachstum von Technik und Wirtschaft, bevor er es tat. Es ist sehr unanständig von ihm, daß er es ausgerechnet in einer Zeit tat, als wir schon ein bißchen vernünftiger werden wollten. Aber er tut's, da ist nichts zu machen.

Meine Herren, verzeihen Sie, daß ich vor Ihnen spreche. Ich habe Verständnis dafür, daß Sie sich nicht als die Sündenböcke vorkommen, nicht als die Schuldigen, sondern als solche, die auf Schuld reagieren. Nicht einmal die spezielle Situation der Schweizer Milizarmee, die dazu führt, daß die führenden Kräfte der Wirtschaft auch die Führenden in der Armee sind, wäre ein Grund, Sie zu beschimpfen. Die Wirtschaft ist in derselben Situation. Die große Schuld am Untergang ist nicht das Werk von Bösewichten, sie ist das Werk von Tausenden von Unschuldigen, das Werk jenes einen und großen Sachzwangs, den wir immer noch beschönigend in Sachzwänge aufteilen. Das Übel heißt Wachstum, und es findet in der Rüstung seinen reinsten und zynischsten Ausdruck.

Tun wir doch nicht so, als sei der sogenannte Fortschritt nur ein notwendiges Übel. Trotz des Wissens um die Fraglichkeit des technischen Fortschritts sind wir immer noch fasziniert von ihm. Ich gebe zu, daß ein Panzer, ein Kampfflugzeug, ein Sturmgewehr ihre ästhetische Wirkung haben, und Sie führen an Ihren Waffenschauen nicht die grausame Wirkung von Waffen vor, sondern ihre erhabene Größe und Schönheit. Ich akzeptiere, daß Sie sich als Opfer eines Sachzwangs empfinden, daß Sie glauben, es tun zu müssen, weil es andere vor Ihnen tun könnten. Genau so entsteht Wachstum, und im Augenblick sieht es so aus, daß uns nicht die Folge des Wachstums – die Waffen – umbringen werden, sondern das Wachstum selbst.

Ihre Beteuerung, mit Waffen den Frieden zu sichern, Ihre politische Gewißheit, daß man Waffen verantwortungsvoll hüten kann, Ihre Hoffnung, daß nie mehr eine Atombombe geworfen wird – zusammengefaßt: Ihre Verantwortung, daß der Weltuntergang in Ihren Händen liegt, ist unter diesen Umständen keine Hoffnung mehr auf Überleben. Denn nicht nur die Waffen selbst bedrohen uns heute, sondern auch ihre Produktion oder ihre Herkunft, die Wachstum heißt.

Ich weiß, daß der Abbruch dieser Produktion »Wirtschaftskrise« heißen würde. Ich weiß, daß wir nicht können. Es gibt kaum mehr eine Alternative zu dem, was wir gedacht haben. Was wir gedacht haben, das bestimmt unser Denken. Ein Neubeginn ist unter diesen Umständen nicht denkbar.

Der Neubeginn ist erst nach der Katastrophe möglich. Sind wir schon wieder so weit, daß diese Katastrophe wieder einmal mehr »Krieg« heißen muß? Vielleicht ein weltweiter Verteilungskampf um die letzten Bäume? War vielleicht auch das ein Teil unserer Arroganz, daß wir glaubten, die Apokalypse liege in unseren Händen?

Nun stirbt einfach der Wald. Keine Sonne, kein Mond stürzt auf die Welt ab, keine wilden Horden zerstören sie. Wir haben uns die Apokalypse ganz anders vorgestellt, wir haben uns auf eine ganz andere Apokalypse vorbereitet, und genau mit diesen Vorbereitungen haben wir die wirkliche, die nach und nach einsetzt, betrieben.

Mir fällt dazu nichts mehr ein.

1984

Der abwesende Krieg

Als der Krieg zu Ende war – 1945 – war ich zehn: ein Kind, aufgewachsen während des Krieges, aber in einem Land, wo der Krieg nicht anwesend war. Er fand statt, und das wußte ich, und was ich hörte, das machte mich traurig, sehr traurig. Angst hatte ich keine, ich fühlte mich nicht bedroht. Offensichtlich hat man die Angst vom kleinen Kind ferngehalten oder sich festgehalten an der Hoffnung, daß der Krieg nicht hier stattfinden wird. Ich erinnere mich an das Geläute der Kirchenglocken, die den Frieden, das Ende des Krieges begrüßten. Ich erinnere mich an meine kindliche Freude darüber und an die Rührung. Ich glaube, ich habe geweint.

Ich wußte damals nichts von all den Machenschaften, von denen die Schweizer glaubten, sie seien nötig, um sich den Frieden zu erkaufen: die Sperrung der Grenzen für Juden, die Waffenlieferungen an die Deutschen, die Ausweisung von Flüchtlingen, die sich nach langer bitterer Flucht in Sicherheit glaubten, die deutschfreundliche Pressezensur, die wir hatten. Ich wußte nichts davon und mein Vater wohl wenig.

Den Krieg in Europa empfand ich nicht als körperliche Bedrohung, aber er machte mich unheimlich traurig, und ich habe mitgelitten. Es ist möglich, daß jene Traurigkeit noch heute ein Anlaß ist für meine sogenannt grundlosen Depressionen.

Ich habe als Schweizer damals gelernt, daß die Abwesenheit des Krieges noch kein Friede ist. Auch wir Schweizer bezeichneten die Zeit von 1939-1945 als »Krieg«. Niemand sprach von einem schweizerischen Frieden. Erst später habe ich dazugelernt, daß sich die neutrale und friedliche Schweiz in verschiedenen Formen am Krieg beteiligt hatte. Ich hörte von Kriegsgewinnlern, die die Notsituation

Europas zynisch und rücksichtslos ausnützten. Als der Krieg zu Ende war, da freuten sich die Kinder und viele Erwachsene bei uns von ganzem Herzen darüber, etliche aber rieben sich kichernd die Hände: ihre Spekulation war aufgegangen und konnte die ersten fetten Früchte tragen. Sich am Krieg beteiligen und ihn abwesend sein lassen, so hieß das Rezept.

Mir scheint, das schweizerische Rezept hat weltweit Schule gemacht. Krieg ja – im Prinzip ja, aber nicht hier, sondern in Korea, in Vietnam, in Afghanistan, im Libanon, in Afrika, in Südamerika. Ich habe als Schweizer Kind gelernt, daß auch dann Krieg ist, wenn er abwesend ist. Wir leben auf dieser Welt gegenwärtig im Krieg. Wir leben in Europa im Krieg – er ist nur abwesend. Die Machthaber der Welt sprechen zynisch von Friedenssicherung, und sie meinen damit nichts anderes, als die sichtbare und offensichtliche Gewaltanwendung von *dem* fernzuhalten, was sie als Welt empfinden: von der Ersten Welt fernzuhalten.

Ich möchte nicht falsch verstanden werden. Die Abwesenheit des Krieges, das ist schon etwas; ihn abwesend zu machen in allen Welten, von der Ersten bis zur Vierten, das wäre schon etwas. Allerdings, daß wir unfähig sind dazu, das wissen die Machthaber dieser Welt. Sie wissen es, weil jeder Volkswirtschaftler weiß, daß es ein Ding der Unmöglichkeit ist, die Güter dieser Welt gerecht an alle Menschen zu verteilen. Selbst wer den Lottozettel ausfüllt und auf die Millionen wartet, rechnet mit nichts anderem als mit ungerechter Verteilung. Er nimmt also an einem kriegsfördernden Spiel teil – ich meine, an einem Spiel, das die kriegerische Mentalität fördert.

Mir scheint, der Begriff Frieden ist fast unbrauchbar geworden. Zu viel und zu Verschiedenes wird darunter verstanden. Die Abwesenheit des Krieges ist eine Form von Frieden, es ist die Form ohne Inhalt. Friede *mit* Inhalt heißt Ruhe und Angstfreiheit. In Redensarten gibt es ihn so: »Laß mich in Frieden«. »Ich fühle mich hier wohl – ich habe meinen Frieden hier.«

»Frieden auf Erden und den Menschen ein Wohlgefallen«: Damit kann nicht einfach nur die Abwesenheit des Krieges gemeint sein. Nur der Bescheidene hat seinen Frieden. Jesus hielt nichts von den Reichen und prophezeite ihnen, daß sie »ihren Frieden« nicht haben werden. Wer unter uns, wer in unserer Gegend ist willens, ihm zu glauben? Es ist Freitag, haben Sie Ihren Lottozettel ausgefüllt und werden Sie auch traurig sein über den großen Gewinn? Lukas 18, 23: »Da er aber das hörte, ward er traurig, denn er war sehr reich.«

Die Politiker sprechen von Friedenssicherung. Ist es nicht Zynismus, einen Frieden sichern zu wollen, den wir gar nicht haben? Ich gebe offen zu, daß ich an meiner eigenen persönlichen Friedensfähigkeit zweifle. Ich gebe offen zu, daß mich der Krieg im Libanon nicht so sehr berührt. Ich gebe offen zu, daß mich der Hunger im Tschad nicht persönlich berührt – weil ich noch glaube, immer noch glaube, daß dieser Hunger die Abwesenheit des Krieges nicht gefährdet. Eine Welt, die glaubt, daß man den Frieden nur mit Drohungen, mit inzwischen maßlosen Drohungen erhalten kann, eine Welt, die glaubt, daß der andere nichts anderes will als den Krieg, eine Welt, die glaubt, daß Angst und Schrecken den Frieden erhalten werden: eine solche Welt handelt im besten Falle aus schlechtem Gewissen, viel eher aber aus dem Wissen heraus, daß wir in einer kriegerischen Welt leben, daß wir die Dritte Welt ausbeuten, daß unser Reichtum, der Reichtum der Schweizer, eine Folge von aggressiven Handlungen und Rücksichtslosigkeit ist.

Es ist leicht, die offene Gewaltanwendung zu verurteilen, wenn man die getarnte Gewalt, die auch Menschenopfer fordert, besitzt und ausnützt. Der Ausbeuter, Herrscher und Beherrscher wird immer die Gewaltlosigkeit fordern und immer mit der Anwendung offener Gewalt drohen. Für wie wenig sind die, die im Recht sind – das heißt auch, die, die in der Macht sind –, bereit, den Landfrieden zu opfern? Wie leicht fällt es ihnen, Rechte zu verteidigen – genauso leicht, wie die Opfer der Ungerechtigkeit hinzunehmen und zu ertragen? Wie leicht fällt es ihnen, die Gutwilligsten in die politische Resignation zu treiben?

Die Mauer in Berlin wird von der offiziellen DDR als »antikapitalistischer Schutzwall« bezeichnet. Man tut, als habe man eine Mauer gebaut, damit niemand eindringt. Inzwischen werden hier – beim Bau der Startbahn West zum Beispiel – die Mauern gebaut, damit niemand eindringt, und wir werden – nicht nur optisch – die Schutzmauer der Schutzmauer der Schutzmauer haben. Mauern sind Zeichen der Angst: aus Angst gebaut, um Angst zu verbreiten.

Aus dem liberalen Staat und aus dem sozialen Staat ist ein Bruttosozialproduktstaat geworden. Nach dem Sinn einer Produktion kann nicht mehr gefragt werden, nur nach dem Profit. Was einmal, vor vielen Jahren noch, »Sachzwänge« hieß, das heißt inzwischen in der Politik Sachzwang. Es gibt nur noch einen Sachzwang, das Bruttosozialprodukt, das Wachstum.

Der Turmbau zu Babel geht endlich seiner Vollendung entgegen. Ich kann die Geschichte vom Turmbau zu Babel nur als Warnung vor dauerndem Wachstum verstehen. Die Gefahr dieses Wachstums ist dort beschrieben. Man wird sich nicht mehr verstehen, man wird verschiedene Sprachen sprechen. Die Politiker in der Schweiz und die Gegner von Kaiseraugst sprechen bereits verschiedene Sprachen, die Politiker hier und die Gegner der Startbahn West sprechen bereits verschiedene Sprachen.

Wollen wir das Bruttosozialprodukt halten oder den Frieden? Das ist die Alternative, eine harte Alternative, und der Entscheid fällt nicht leicht. Den Politikern fällt der Entscheid nur deshalb leichter, weil sie wissen, daß wir den Frieden ohnehin nicht haben, also nicht halten können.

Was bleibt uns da anderes übrig, als das zu halten, was wir haben, das Bruttosozialprodukt, und mit massiven Drohungen und Angstmacherei dafür zu sorgen, daß wenigstens dieses Bruttosozialprodukt nicht durch Waffen zerstört wird, wenn es schon keinen Frieden zu zerstören gibt.

Und ich muß noch etwas sagen: Ich weiß nicht, wie wir entscheiden würden, wenn wir entscheiden könnten. Ich weiß beim besten Willen nicht, wie ich entscheiden würde.

Und ein letzter Satz: Ich kann mir vorstellen, daß die Welt so, wie sie ist, weitergehen wird, daß wir sie halten können. Die Frage ist nur, ob wir das zum Beispiel als Christen oder als Humanisten oder als Liberale oder als Sozialisten oder als Menschen und Mitmenschen – ob wir das wollen und ob wir das verantworten können. Die gerechte Welt ist ein Langzeitprogramm. Sie wird sehr, sehr viel Zeit in Anspruch nehmen. Wie lange es noch dauert, kann niemand sagen, weil eigentlich noch niemand mit dieser Arbeit begonnen hat.

So bleibt uns vorläufig nur die Frage »Haben Sie Ihren Lottozettel heute schon ausgefüllt?«

1981

Wieder einmal mehr stehn wir hier, entsetzt und ohnmächtig. Wieder einmal mehr wissen wir, wie wenig unser Protest nützen wird. Wieder einmal mehr stehn wir dem Zynismus der Mächtigen dieser Welt gegenüber.

Wir stehen hier, weil wir das uns und unserem Selbstbewußtsein schuldig sind.

Wieder einmal mehr glauben Offiziere, daß sie es besser können als die Menschen, wie sie das überall in der Welt immer wieder glaubten. In Chile, in Argentinien, in Spanien, in Griechenland, in der Türkei. Wieder einmal mehr – und aus was für Gründen und auf welchen Befehl auch immer – glauben Offiziere, daß sie es besser könnten als die Politiker. Wieder einmal mehr behaupten Offiziere, daß sie die Demokratie herstellen wollen. Seit Jahrzehnten behaupten sie das in aller Welt, und noch nirgends auf dieser Welt haben sie die Demokratie hergestellt.

Sie haben es nirgends getan, weil sie es nicht können. Das einzige, was sie können, ist Scheinordnung mit Gewalt zu erzwingen.

Das ist ihr Irrtum, daß sie glauben, durch Ordnung entstehe Demokratie. Es ist umgekehrt, nur durch Demokratie entsteht Ordnung.

Wir stehen nicht hier, um zu feiern. Wir stehen nicht hier, um den Umstand zu feiern, daß es uns besser geht als den Polen. Wir stehen nicht hier, um uns zynisch zu freuen über das Scheitern eines Systems. Wir stehen hier beschämt vor den tapferen Frauen und Männern der Solidarnosc, beschämt vor Lech Walesa, beschämt vor jenen Leuten, die unter härteren Umständen als den unseren, die in der Unfreiheit die Freiheit auf ihre Fahnen geschrieben haben.

Was tun wir denn eigentlich – liebe Kolleginnen, liebe Kollegen – für diese Freiheit unter unseren freiheitlichen Bedingungen? Wieviel ist das große Wort »Freiheit« bei uns denn noch wert?

Jene, die für mehr Freiheit bei uns eintreten wollen, werden immer wieder zynisch darauf hingewiesen, wie wenig Freiheit es dort gibt. Es gibt immer noch genug Leute bei uns, die unsere Freiheiten nur daran messen, ob sie mehr oder weniger seien als anderswo. Aber wir haben nicht deshalb hier Freiheit, weil sie dort weniger haben. Und die Leute der Solidarnosc wollen nicht *unsere* Freiheit, sie wollen *ihre* Freiheit.

Die Mächtigen der einen Welt sind an den Katastrophen der anderen Welt interessiert. Aber ein hungernder Arbeitsloser in Amerika hat nichts davon, wenn es hungernde Polen gibt – im Gegenteil, er gerät endgültig in Vergessenheit, weil er im Vergleich nichts Außergewöhnliches ist.

Immer wieder gerät die Welt der Leidenden angesichts aktueller schrecklicher Ereignisse in Vergessenheit. Polen ist ein weiterer harter Schlag für die Leidenden in dieser Welt. Die Welt hat wieder ein Thema, das ihr erlaubt, andere Themen zu vergessen. Den Gefangenen in Südamerika, den Gefangenen in Rußland, in Afghanistan, den Hungernden in den Slums der Welt, in der Sahelzone wird es ab jetzt noch schlechter gehen. Sie werden nach diesem Ereignis noch ein bißchen mehr vergessen sein.

Die gewalttätigen Ereignisse in dieser Welt überstürzen sich. Und die Gewalttätigen werden immer wieder rehabilitiert durch neue Gewalttaten anderer. Und wir sitzen hier und schauen dem Wettbewerb des Grauens zu und streiten darüber, welcher der Grauenhafteste sei.

Wie betroffen waren wir denn eigentlich, als türkische Offiziere Sozialdemokraten, Liberale und Gewerkschafter verhafteten, folterten, einkerkerten? Wo blieb der bundesrätliche Protest zu den türkischen Ereignissen? Unser Erbarmen mit den Opfern wird zynisch, wenn uns nur die politische Qualität der Täter interessiert.

Die liberale, humane Welt mit Horrorereignissen zu stressen, das hat Methode und wird genützt. Der Dollar und das Gold sind gestiegen, und im Schatten des Entsetzens über Polen erklärt Israel die Golanhöhen zu Staatsgebiet. Die Mächtigen dieser Welt üben sich in Zynismus und zögern nie, das Elend der anderen auszunutzen.

Was wir ihnen entgegensetzen können, das ist die trotzige Hoffnung. Lech Walesa hat vor einem Jahr gesagt, daß er nicht wisse, was daraus werde; er wisse nur, daß es sein müsse. Die Frauen und Männer der Solidarnosc haben ein Zeichen gesetzt – nicht einfach gegen etwas, denn gegen etwas kann man scheitern. Sie haben ein Zeichen gesetzt für etwas, ein Zeichen für die Freiheit und ein Zeichen der trotzigen Hoffnung. Inzwischen saßen wir da und schlossen Wetten ab darüber, ob die Russen kommen werden. Und wir hätten alle – noch und noch – dem Walesa zur Zurückhaltung zugeraten und zum Leisetreten. Wäre es nach uns gegangen, das Zeichen wäre nicht gesetzt worden.

Wir sind vom Mut, vom Glauben und der Hoffnung dieser Frauen und Männer tief beschämt. Wenn Freiheit eine Hoffnung ist, eine alte und ewige Hoffnung der Menschheit – dann scheint mir, ist sie in Polen wenigstens als Hoffnung größer als bei uns. Die Freiheit ist nirgends auf der Welt groß genug, als daß es genügen würde, sie zu pflegen. Man muß sie überall in der Welt erkämpfen und verteidigen.

Oft scheint mir, wir Schweizer hätten das in den letzten Jahren leichter vergessen als die Polen. Wer das Wort, das große Wort »Freiheit« bemüht, wenn es gegen Gurtentragpflicht und Sommerzeit geht, wem zu »Freiheit« nichts anderes mehr einfällt als die Freiheit des Autofahrens, die Freiheit der Wirtschaft und die Freiheit, ein Reicher zu werden, der schlägt dem Wort Freiheit ins Gesicht.

Wer jetzt seine Solidarität mit der polnischen Solidarnosc ausdrückt, der verpflichtet sich zu viel. Er verpflichtet sich, unter allen Umständen für Menschenwürde, Menschenrechte, für die Freiheit sich einzusetzen. Er verpflichtet sich, für diese Freiheit auf persönliche Vorteile zu verzichten. Er verpflichtet sich, den Begriff Freiheit über den Begriff von »Ruhe und Ordnung« zu setzen. Wer Ruhe und Ordnung der Freiheit vorzieht, der muß den polnischen oder russischen Militärs recht geben. Wer hier wegen ein paar zerbrochener Fensterscheiben und wegen zwei, drei Terroristen die liberalen Grundsätze unseres Strafgesetzes aufgeben will, wer mit dem Vorwand, uns schützen zu wollen, uns alle in Verdacht bringt, der hat im Sinn, die Welt als Offizier zu retten.

»Freiheit« darf nicht nur zu einem Wettbewerbsgegenstand zwischen Ost und West werden. Und Neutralität heißt nicht: dazwischensitzen und die Lieblingsmannschaft anfeuern. Der Kampf der Mächtigen ist nicht ein Kampf um Freiheit, er ist ein Kampf um die Macht. Und wer Freiheit meint, muß in anderen Kategorien denken lernen als in militärischen.

Wir Schweizer Gewerkschafter haben zu danken dafür, daß die Frauen und Männer der Solidarnosc das Wort Gewerkschaft wieder zu einem Wort gemacht haben, auf das man stolz sein kann und stolz sein darf. Die alte Solidarität, die müde geworden ist, hat einen neuen Namen, einen stolzen und tapferen Namen: Solidarnosc. Wir haben zu lernen, daß »Solidarität« ab jetzt auch »Solidarnosc« heißt. Wir haben zu lernen, daß es sinnvoll ist, nicht zu resignieren, daß es sinnvoll ist, die Wörter und Inhalte zu nennen, die die Mächtigen nicht mögen. Die Freiheit ist nicht untergegangen in Polen, sondern sie wurde vor anderthalb Jahren dort neu aufgerichtet. Und wir müssen wissen, das waren nicht irgendwelche Ideen, die man in Polen wiederaufgriff, das war nicht einfach ein vager Widerstand und eine vage Vorstellung von Systemveränderung. Das waren die alten, klassischen gewerkschaftlichen Vorstellungen, die alte gewerkschaftliche Organisation. Walesa gehört nicht zu den Propheten des Weltuntergangs, sondern zu jenen, die wissen, daß es eine Hoffnung gibt und daß diese Hoffnung Hände braucht.

Wir stehen hier in Entsetzen und Ohnmacht. Wir können wenig tun, wir können fast nichts tun. Was wir können, das ist das Zeichen der Hoffnung, der trotzigen Hoffnung, das die Solidarnosc gesetzt hat, weitertragen.

Und wer sich mit den Leuten der Solidarnosc solidarisiert, der muß wissen, daß er sich mit Gewerkschaftern solidarisiert. Es gibt endlich wieder einen Grund, in die Gewerkschaften einzutreten. Für diesen Grund sind wir nicht verantwortlich, aber wir könnten die Verantwortung nachholen.

1981

Der große Schrecken macht den kleinen Schrecken möglich

Jetzt sitzen wir wieder hier, und wir wissen zum voraus, was hier gesagt werden wird, und wir wissen, daß es viele sind, die solche Veranstaltungen wie diese nicht mögen. Sie mögen solche Veranstaltungen nicht, weil sie ja doch auch gegen den Krieg sind, weil sie doch auch wünschen, daß die Atombombe nicht eingesetzt wird, weil sie doch keine Kriegshetzer sind und keine Kriegsgewinnler.

Ich nehme nicht an, daß jemand, der hier im Saal sitzt, anderer Meinung ist. Ich meine damit, ich nehme nicht an, daß wir hier etwas lernen. Wir lernen höchstens neue Argumente für unsere Sache, obwohl die alten Argumente doch genügt hätten. Die Argumente vor hundert Jahren gegen den Krieg hätten genügt und die Argumente vor fünfzig Jahren auch.

Ich sitze hier in Hilflosigkeit: Ich hätte das zwanzigste Jahrhundert nicht nötig, um gegen den Krieg zu sein. Ich wäre auch ohne Atombombe gegen den Krieg, und ich fürchte, wir sind auf die Atombombe reingefallen. Wir, auf unserer Seite, behaupten, daß kein Krieg mehr stattfinden darf, weil wir die Atombombe haben, die andere Seite behauptet, der große Krieg wird nicht stattfinden, wenn wir nur genügend Atombomben hätten. Ich frage: »Sind wir nicht bereits der verdammt gleichen Meinung?« – mit der kleinen Differenz, daß *wir* sagen, er darf nicht stattfinden, und die anderen sagen, er wird nicht stattfinden.

Dabei findet er statt – der Krieg um die Falklandinseln ist eine der größten Katastrophen dieses Jahrhunderts. Erstens und vor allem: er hat Opfer gefordert, das ist schon Katastrophe genug. Aber zweitens, und das ist eine Langzeitkatastrophe: der Falklandkrieg hat bewiesen, daß konventionelle Kriege noch möglich sind, daß man noch richtige Seeschlachten wie Admiral Nelson führen kann und noch richtige Infanterieschlachten wie Moltke. Einer Antwort der Schweizer Regierung auf eine Anfrage im Parlament entnehme ich, daß unsere Militärs den Falklandkrieg analysiert und die »entsprechenden« Schlüsse daraus gezogen haben. Was das für Schlüsse sind, weiß ich als Bürger dieses Landes nicht. Ich weiß nur, daß sie entsprechend sind und daß die Entsprechung von den Militärs festgelegt wurde. Für jene, für die Kriege noch möglich sind, ist es eine Hoffnung, daß konventionelle Infanterieschlachten noch möglich sind. Ich habe sie wirklich im Verdacht, daß sie die Atombombe nie einsetzen werden und nur als Drohung benützen, damit sie mit ihren konventionellen Kriegen »in Frieden« gelassen werden.

Der große Schrecken macht den kleinen Schrecken möglich.

Ich verstehe die Sorge über die Vernichtung von all dem, was wir Leben nennen, durch die radioaktive Verseuchung. Ich teile diese Sorge, aber die Mißachtung des Lebens schlechthin (die Ausrottung der ganzen Menschheit) ist für mich qualitativ dasselbe wie die Verachtung des einzelnen Lebens. Nicht nur die Feinde verachten das Leben des gegnerischen Soldaten, die eigene Armee verachtet dieses Leben, indem sie von »Tapferkeit vor dem Feinde« spricht und behauptet, daß der Soldat, der Rücksicht auf sein eigenes Leben nehme, sein Leben verwirkt habe. Die Armeen verachten den Soldaten, und die Staaten verachten den Soldaten – nicht etwa der Feind. Der Staat mag von Recht auf Leben sprechen, die Armee spricht ihrem Soldaten dieses Recht ab.

Der Staat spricht von Sicherheitspolitik. Ich fühle mich durch nichts so bedroht wie durch diese Sicherheit. Wenn alle meine Nachbarn ihre Häuser verriegeln, dann gefährden sie damit mein offenes Haus. Ich fühle mich frei in meinem offenen Haus, und lieber lasse ich mir all meinen materiellen Besitz nehmen als meine Freiheit. Wenn Diebe unter zehn offenen Häusern eines auswählen, dann habe ich die Hoffnung des Zufalls. Wenn sie unter zehn Häusern das einzige offene wählen, dann bin ich ein Opfer der verschlossenen Häuser. Mein Haus wird offen bleiben. Ich will *so* leben oder nicht.

Nachrüstung und atomares Gleichgewicht: beides ist sicherheitspolitisches Denken. Ich fühle mich durch nichts anderes bedroht als durch diese Sicherheitspolitik.

Ich glaube fast daran, daß niemand eine Atombombe werfen will. Ich glaube aber nicht daran, daß man sie zehntausend Jahre lang schön sorgfältig herumtragen kann und daß sie dabei keinem aus den Händen fällt. Der große Schrecken macht den kleineren Schrecken möglich: Man hat uns mit der Atombombe doppelt betrogen. Seit es sie gibt, sprechen wir von den Folgen des Krieges. Wer sich nur vor den Folgen des Krieges fürchtet und nicht auch vor dem Krieg selbst, der ist unglaubhaft. Der Krieg selbst, das ist die Aufrüstung, das sind unsere friedlichen Armeen, die bis jetzt niemandem etwas angetan haben. Sie sind nur für die Sicherheit da – für jene Sicherheit, die mich gefährdet.

Ich weiß, daß es zynisch klingt, wenn ich hier behaupte, daß ich ein Opfer des Libanonkriegs sei. Es ist zynisch gegenüber den wirklichen Opfern. Aber ich habe ihn ertragen, diesen Krieg. Ich habe nicht schlechter geschlafen, ich habe mit Engagement und Begeisterung meine politischen Kommentare dazu am Biertisch abgegeben. Ich habe mit meinem Ertragen doch immerhin den Beweis geliefert, daß ich noch mehr ertragen könnte. Und auch ich habe mich am Biertisch mit politischen Gegnern gestritten über die wirkliche Zahl der Opfer – für weniger, für mehr. Welch ein Zynismus!

Ich bin ein Opfer des Libanonkriegs, weil er mich verroht hat, weil meine Erschütterung gespielt ist, weil mein Entsetzen in mein politisches Konzept paßt und weil – bitte, nehmen Sie mir das nicht übel – dieser Krieg seinen Teil dazu beiträgt, daß ich meine persönliche Trauer nicht mehr ernstnehmen darf. Was sind meine kleinen persönlichen Traurigkeiten – Schwierigkeiten mit einer Freundin zum Beispiel – gemessen an der Entsetzlichkeit des Krieges. Darf ich mich noch beklagen über Kopfschmerzen, wenn andere Hunger haben?

Ich weiß, das ist lächerlich, und ich stelle auch fest, daß meine Kopfschmerzen unwichtig sind. Ich stelle auch fest, daß ich kein Recht auf Traurigkeit habe, wenn andere nicht in Traurigkeit, sondern in akuter Angst leben. Aber ich fürchte, wenn ich mit meiner eigenen Traurigkeit nicht mehr umgehen kann und darf, dann werde ich auch nicht mehr umgehen können mit der Traurigkeit der Welt. Der Krieg hat mich bereits erreicht. Er ist dabei, meine Gefühle zu zerstören und meine Gefühle lächerlich zu machen. Der Krieg bahnt sich bereits einen Weg durch meine Seele. Ich bin ein Opfer des Libanonkriegs.

Denn der große Schrecken macht den kleinen Schrecken möglich, und der Schrecken macht meine persönliche Trauer lächerlich, und ohne meine persönliche Trauer bin ich entmenschlicht und befinde mich auf dem Weg zum Täter.

1982

Der Abschied von Links

Wenn man irgendwo in einer Diskussionsrunde von »Links« spricht, dann ist immer einer da, der nun gleich sagt, er könne mit den Begriffen »Links« und »Rechts« nichts anfangen. Er sagt es auch so, als sei dies eine ganz persönliche Sache und nur ihm ganz allein eingefallen. Gibt man ihm recht, dann bleibt nichts anderes übrig, als die Diskussion abzubrechen. Die Begriffe mögen zwar sehr behelfsmäßig sein, sie können auch nicht für sich allein definiert werden, sondern nur im Bezug zu etwas – links von etwas, rechts von etwas – aber wer mit den Begriffen »etwas anfangen« kann, der benötigt sie auch.

Es ist fast unnötig zu erwähnen, daß jener Gescheite auch der sein wird, der auf den Begriff »Faschismus« gleich entgegnet: »Definiere mir mal Faschismus!« Wer diese Begriffe unbrauchbar findet und sie mit der Forderung nach Definition verunmöglichen will, der ist jedenfalls kein Linker. Wenn er sich selbst nicht als Rechten verstanden haben will, dann muß er den anderen auch daran hindern, sich als Linken zu verstehen.

Die Auseinandersetzung zwischen Links und Rechts hat in den letzten dreißig Jahren in unserem Land kaum mehr stattgefunden. Sie hat nur geschwelt und fast stattfinden wollen – nun zeigt sich, daß dieses Schwelen mehr ermüdet hat als die echte Konfrontation. Man hat das Feuer der Linken zum Schwelen gebracht und stellt nun mit Recht fest, daß es nicht mehr viel braucht, es ganz zu löschen. Und auch in diesem Zusammenhang meine ich immer die Rechten in bezug auf das, was links von ihnen steht. Das Verhalten der Sozialdemokraten gegenüber der POCH, das Verhalten der bürgerlichen Sozialdemokraten gegenüber den Linken in ihrer Partei, das Verhalten der Bürgerlichen gegenüber der Sozialdemokratie unterscheidet sich in nichts voneinander. Es ist immer vorerst und vor allem die Unlust, sich auseinanderzusetzen. Der uralte Ruf nach konstruktiver Kritik ist eine Scheinforderung, ihrem Inhalte nach bestimmt zu begrüßen, aber gemeint ist weder die Kritik noch die Konstruktion, sondern nur die Ruhe. Wer links von mir steht, der nimmt mir das Recht, in Ruhe ein Linker zu sein.

Wir wollen endlich mal unsere Ruhe haben. Aber Politik ist Unruhe – die Entpolitisierung der Politik hat begonnen. Die Feststellung, daß das Publikum sich mehr und mehr von der Politik entferne und mit Politik nichts zu tun haben wolle, verführt die Politiker – die ja mit Recht für dieses Publikum politisieren wollen – dazu, sich selbst unpolitisch darzustellen in der Meinung (leider in der berechtigten), daß der Wähler keinen »Politischen« mehr wählen wird.

Sicher ist es vernünftig, an der Sache zu politisieren, also sachbezogen und nicht standpunktbezogen – nur leider entfällt ohne Standpunkt die politische Diskussion. Trend ist als Beschreibung dieser Entpolitisierung ein zu schwaches Wort. Wir befinden uns, und nicht nur die Rechte, sondern wir alle zusammen, schon längst auf diesem Weg. Kaum eine politische Theorie ist so falsch wie jene der Polarisierung – Politik verschiebt sich offensichtlich immer als Ganzes: die Linken bleiben dabei zwar links – wo sie auch immer stehen – die Rechten bleiben rechts. Auch das Näherzusammenrücken, was von den Rechten gefordert wird, ändert an Positionen nichts. Es ändert nur etwas an politischer Wirksamkeit und an politischer Wirklichkeit.

Wir beklagen uns, daß die Politiker kein Profil mehr hätten, daß überhaupt keine Kandidaten mehr da wären (links und rechts), und übersehen wissentlich, daß nur keine möglichen Kandidaten mehr da sind. Wir loben den freisinnigen X als guten Rechten und den sozialdemokratischen Y als guten Linken und erklären von beiden, daß sie leider nie und nimmer eine Chance hätten. Wir beklagen die Wahlsysteme, weil sie mitunter dem politischen Gegner die Möglichkeit geben, die Kandidaten der anderen zu verhindern. Ich bin überzeugt, jedes andere Wahlsystem würde das unter der Bedingung der Gesamtverschiebung der Politik auch tun.

So oder so, wir werden immer das, was wir haben, als die Politik bezeichnen, so wie wir jene Freiheit, die wir haben, immer als Freiheit bezeichnen werden und jene Unabhängigkeit als Unabhängigkeit. Die Politik, die wir haben, wird nie mit einer Politik, die wir nicht haben, vergleichbar sein. Das ist eine Binsenwahrheit, und ich erwähne sie nur, um aufzuzeigen, daß politische Gesamtverschiebungen nicht erkennbar sein können. Einzelverschiebungen schon, aber um die geht es gegenwärtig gar nicht.

Der Trend nach rechts ist kein Sieg der Rechten. Er entspringt keinem eigentlichen Kampf der Rechten gegen die Linke, er entspringt viel eher einem Zufall, den man nur noch ein bißchen zu nähren brauchte. Und dieser Zufall heißt Ermüdung, nicht einfach die Ermüdung der Linken, sondern die Ermüdung von uns allen. Wir sind zwar – wir alle – problembewußt geworden, aber unsere Problemkapazität ist beschränkt. Wir möchten leben ohne Probleme. Wie schön wäre es, wenn Atomkraftwerke unproblematisch wären, wenn es keine Probleme mit der Dritten Welt gäbe, wenn die Russen nicht einmarschieren würden und die Südamerikaner nicht foltern, wenn jener Lehrer kein Linker gewesen und nicht entlassen worden wäre!

Ist es nicht so, daß wir nach und nach jene für die Probleme (nämlich mit Recht für das Problembewußtsein) verantwortlich machen, die davon sprechen? Es gäbe zwar ohne Linke auch Atomkraftwerke, aber die persönliche Not, die wir mit ihnen haben, wird nun doch jenen in die Schuhe geschoben, die die Unruhe heraufbeschworen haben. Es ist nicht so, daß die Linken sich nicht engagiert hätten bei Afghanistan und bei Polen – so sehr das auch immer behauptet wird, wenn sich Linke in einer südamerikanischen Frage engagieren –, aber es ist so, daß diese Linke (was das auch immer heißt, auch innerhalb einer bürgerlichen Partei) total überfordert wird in ihrem Engagement für Problembewußtsein. Es sind nicht die Konservativen, die sich heute einsetzen für die Erhaltung einer alten Bahnhofshalle, es sind nicht die Konservativen, die ein Jugendzentrum, einen Kinderspielplatz betreiben. Und es wäre ebenso ungerecht, zu behaupten, den Rechten (wiederum: was das auch immer heißt) wäre Problembewußtsein unbekannt. Nur, sie bieten den Bürgern einen Vorteil, den ihnen der Linke nicht bieten kann: sie sind in ihrem Problembewußtsein selektiver. Sie überhäufen den Bürger nicht gleich mit allem; sie lassen die eine Hälfte der Welt vorerst mal in Ordnung sein und beschäftigen sich mit den Mängeln der anderen Welt. Wer sich ihrem Problembewußtsein anschließt, der hat die Garantie, daß er nicht restlos und endlos mit Problemen strapaziert wird.

Linke haben die Tendenz – Marx ist dafür verantwortlich mit seinem historischen Bewußtsein – hinter allem, was ihnen angetan wird, Methode zu sehen. Und nun sieht es wirklich so aus, als sei die Linke methodisch dadurch zermürbt worden, daß man ihr zu viele Probleme aufgebürdet hat. Es ist aber keine Methode und keine Taktik, es ist ganz gewöhnliches bürgerliches Selbstverständnis. Das bürgerliche Verhalten ist ganz einfach der menschlichen Natur näher als das progressive.

Ich meine das alles weder als Warnung noch als Klage. Wenn das ein Ende ist, dann ist es nur ein Ende von dem, was wir kannten. Es ist so: man trägt wieder rechts, man darf es wieder sein und man kann es wieder. Die Zeiten sind vorbei, in denen jeder Liberale sich selbst als Linksliberalen darstellte. Die Klage der Linken darüber ist trotzdem unberechtigt: Auch in den Zeiten, in denen »Rechts« nicht sehr modisch war, war trotz allem die Macht auf der rechten Seite. Und die Rechten sollen nicht so tun, als hätten sie mit ihrem »Sieg« eine Gefahr beseitigt. Die Auseinandersetzung hat nie stattgefunden, eine Konfrontation gab es nicht. Die Politik in unserem Land war immer eine bürgerliche Politik. Neu ist nur, daß die Bürgerlichen nun endgültig genug davon haben, in ihrer Politik dauernd gestört zu werden. Sie wollen sie endlich in aller Ruhe betreiben können. Sie sind weder Unmenschen noch unmenschlich. Sie werden (können) fähig sein zu einer humanen Politik – allerdings, und darauf beharre ich: eine Politik in der Ruhe ist eine entpolitisierte Politik mit einem entpolitisierten Volk, und die Ruhe, die diesem Volk lieb ist, kann die Ruhe vor dem Sturm sein. Eines scheint mir bereits sicher: ein linker Sturm wird es nicht.

1982

Quellenhinweise

»Die grammatikalische Zukunft«: 1975. Erstdruck.

»Wissen ist Widerstand«: Ansprache anläßlich des Jubiläums zum 50jährigen Bestehen der VPOD-Sektion Lehrer am 30. 5. 1981 in Zürich. Zuerst in: Der öffentliche Dienst, 19. 6. 1981.

»Die Volksschule – ein Geschäft ohne Partner«: zuerst in: ad lectores 9, Luchterhand Verlag, Neuwied und Berlin 1969.

»Und vielen Dank auch für das schöne Kinderbuch«: Quelle nicht zu ermitteln. Vermutlich 1969.

»Rassismus und Faulheit«: Vorwort zu: Die Schülerschule, Verlag Klaus Wagenbach, Berlin 1970, 1984.

»Erfahrungen beim Fremdsprachenlernen«: Vortrag vor Französischlehrern am 18. 5. 1979 in Solothurn. Zuerst in: Didaktik und Methodik des Französischunterrichts. Informationsbulletin 24, 1980.

»Die erste aller Freiheiten«: Rede zum 100jährigen Bestehen des Verbandes Schweizer Journalisten am 25. 6. 1983 in Zürich. Erstdruck.

»Die Aufgabe des Staates in einer sozialen Gesellschaft«: Rede vor der Delegiertenversammlung des VPOD (Verband des Personals öffentlicher Dienste) in Lausanne am 24. 6. 1976. Zuerst in: Der öffentliche Dienst, 9. 7. 1976.

»Und ab und zu ein bißchen Erster Mai«: Rede zum 75jährigen Jubiläum der Gewerkschaft Textil, Chemie, Papier 1978. Zuerst in: focus, Zeitschrift der fortschrittlichen Bewegung, Oktober 1978.

»Abschied von einer geliebten Kirche«: zuerst in: Reformatio 29/3, 1980.

»Wie christlich sind die Christen?«: zuerst in: L'80, Mai 1981.

»Über meine Unfähigkeit, MM zu lieben«: zuerst in: Cinema Nr. 1/1979.

»Wie deutsch sind die Deutschen?«: zuerst in: Schweizer Illustrierte, September 1980.

»Ungehaltene Rede vor der Schweizerischen Offiziersgesellschaft anläßlich ihrer Tagung ›Armee und Umweltschutz‹«: zuerst in: Natur, September 1984.

»Der abwesende Krieg«: Rede zur Friedenswoche in Bergen, November 1981. Erstdruck.

»Wettbewerb des Grauens«: Rede auf der Polenkundgebung der Gewerkschaften am 19. 12. 1981 in Bern. Erstdruck.

»Der große Schrecken macht den kleinen Schrecken möglich«: Rede zur Frankfurter Buchmesse am 7. 10. 1982. Erstdruck.

»Der Abschied von Links«: zuerst in: Die Woche, August 1982.

Peter Bichsel
Eigentlich möchte Frau Blum
den Milchmann kennenlernen
21 Geschichten
76 Seiten
Bibliothek Suhrkamp 1125 und
suhrkamp taschenbuch 2567

Eigentlich möchte Frau Blum den Milchmann kennenlernen ist die heute klassisch geltende Sammlung von Lesestücken, mit der dem Autor etwas für seine und unsere Zeit Einmaliges gelungen ist: auf lakonische, fast emotionslose, genau beobachtende und dabei dennoch anrührende Weise alltägliche Begebenheiten aufzuzeichnen und ihnen Geschichten zu »entnehmen«, von denen jede die Welthaftigkeit und Tiefe eines Epos besitzt.
»Peter Bichsel ist ein Poet. Das wußte man schon nach seinem ersten Buch«, erinnerte sich Max Frisch 1981, auf die 1964 erstmals erschienenen Geschichten anspielend, die gewissermaßen über Nacht den Ruhm von Peter Bichsel begründeten.

Peter Bichsel
Die Jahreszeiten
121 Seiten
suhrkamp taschenbuch 2780

Der Autor variiert die Welt, die er in den Geschichten darstellt und hinterfragt, demoliert, dementiert sie. Aber je mehr er den Prozeß seines Schreibens als Lügenhandwerk zu entlarven sucht, um so hartnäckiger erweist sich die Erfindung als wirklich.

Peter Bichsel
Kindergeschichten
96 Seiten
suhrkamp taschenbuch 2642

Sieben Geschichten für große und kleine Kinder, für Leser, die nicht aufgehört haben zu fragen, was wäre, wenn. Sieben Geschichten, in denen sonderbare Käuze, scheiternde, lächerliche Rebellen, Nachfahren des Ritters von der traurigen Gestalt es wagen, der Unabänderlichkeit des Bestehenden Schwierigkeiten zu machen. Peter Bichsels Geschichten werden zu Recht mit Johann Peter Hebels *Kalendergeschichten* verglichen: wie diese verführen sie, spielerisch, zum Denken. Otto F. Walter formuliert es so: »Peter Bichsels Kindergeschichten werden, Auflage für Auflage und Jahr für Jahr, von Sechs- wie von Siebzigjährigen gelesen, verstanden auf je den verschiedensten Stufen des Verstehens, und sie werden weitererzählt. Sie sind, bei aller subtilen Gebrochenheit, bei all ihrem hochartifiziellen Charakter, ein Volksbuch (neuen Typs).«

Peter Bichsel
Zur Stadt Paris
Geschichten
115 Seiten
Bibliothek Suhrkamp 1179

Mit *Zur Stadt Paris* ist Peter Bichsel ein Geschichtenbuch gelungen, das uns Lesern – mal in kurzen Zügen, dann wieder mit längerem Atem – davon erzählt, daß es gerade das Kleine, das Minimale, das unscheinbar vor Augen Liegende ist, das uns, beobachtet man es genau oder läßt es einfach sprechen, alles über uns verrät.

Peter Bichsel
Der Leser. Das Erzählen
Frankfurter Poetik-Vorlesungen
112 Seiten
suhrkamp taschenbuch 2643

Peter Bichsels fünf Vorlesungen aus dem Jahr 1982 sind eigentlich keine Vorlesungen, sondern Geschichten von Vorlesungen. Sie sind wohltuend unprätentiös und stets äußerst subtil – wie seine Geschichten.
»Peter Bichsels Frankfurter Poetik-Vorlesungen, die den Eindruck hinterlassen, daß nie jemand liebenswürdiger subversiv war als dieser Schweizer Lehrer und Schriftsteller, ermuntern zum Reden, zur Gegenrede auch. Und sie bezaubern darüber hinaus durch Witz und Einfachheit, die getränkt und legitimiert sind durch eine große, vertrauenswürdige Trauer über den Zustand der Welt.« *Peter Hamm, Die Zeit*

Peter Bichsel
Gegen unseren Briefträger
konnte man nichts machen
Kolumnen 1990 - 1994
248 Seiten. Leinen (1995)

»Peter Bichsel stellt Nachdenkstücke vor uns hin wie Würfel – alle gleich groß. Ein kleiner Bericht, eine Beobachtung, ein Gedanke geben den Ton an, bis eine Drehung das angeschlagene Thema verschiebt und man darüber ins Sinnen gerät. Dann ist das Ziel des Autors erreicht … Nur ja nichts Außerordentliches, Hochgestochenes. Dafür vielerlei genaue Fragen und vielerlei bedenkenswerte Antworten.«
Beatrice von Matt, Neue Zürcher Zeitung

suhrkamp taschenbücher
Eine Auswahl

Adorno: Erziehung zur Mündigkeit. st 11
Aitmatow: Dshamilja. st 1579
Alain: Die Pflicht, glücklich zu sein. st 859
Allende: Eva Luna. st 1897
– Das Geisterhaus. st 1676
– Die Geschichten der Eva Luna. st 2193
– Von Liebe und Schatten. st 1735
The Best of H. C. Artmann. st 275
Augustin: Der amerikanische Traum. st 1840
Bachmann: Malina. st 641
Bahlow: Deutsches Namenlexikon. st 65
Ball: Hermann Hesse. st 385
Barnes: Nachtgewächs. st 2195
Barnet: Ein Kubaner in New York. st 1978
Barthes: Fragmente einer Sprache der Liebe. st 1586
Becker, Jürgen: Gedichte. st 690
Becker, Jurek: Bronsteins Kinder. st 1517
– Jakob der Lügner. st 774
Beckett: Endspiel. st 171
– Malone stirbt. st 407
– Molloy. st 229
– Warten auf Godot. st 1
– Watt. st 46
Beig: Hochzeitslose. st 1163
– Rabenkrächzen. Eine Chronik aus Oberschwaben. st 911
Benjamin: Angelus Novus. st 1512
– Illuminationen. st 345
Berkéwicz: Adam. st 1664
– Josef stirbt. st 1125
– Maria, Maria. st 1809
Bernhard: Alte Meister. st 1553
– Auslöschung. Ein Zerfall. st 1563
– Beton. st 1488
– Claus Peymann kauft sich eine Hose und geht mit mir essen. st 2222
– Gesammelte Gedichte. st 2262
– Holzfällen. st 1523
– Stücke 1-4. st 1524, 1534, 1544, 1554
– Der Untergeher. st 1497
– Verstörung. st 1480
Blackwood: Der Tanz in den Tod. st 848
Blatter: Das blaue Haus. st 2141
– Wassermann. st 1597
Brasch: Der schöne 27. September. st 903
Braun, Volker: Gedichte. st 499
– Hinze-Kunze-Roman. st 1538
Brecht: Dreigroschenroman. st 1846
– Gedichte über die Liebe. st 1001
– Geschichten vom Herrn Keuner. st 16
– Hauspostille. st 2152
Bertolt Brechts Dreigroschenbuch. st 87
Broch: Die Verzauberung. st 350
– Die Schuldlosen. st 209
Buch: Die Hochzeit von Port-au-Prince. st 1260
– Tropische Früchte. st 2231
Burger: Der Schuß auf die Kanzel. st 1823
Cabrera Infante: Drei traurige Tiger. st 1714
Capote: Die Grasharfe. st 1796

265/1/11.93

suhrkamp taschenbücher
Eine Auswahl

Carpentier: Explosion in der Kathedrale. st 370
– Die Harfe und der Schatten. st 1024
Carroll: Schlaf in den Flammen. st 1742
Celan: Gesammelte Werke in fünf Bänden. st 1331/1332
Cioran: Syllogismen der Bitterkeit (1952). st 607
Clarín: Die Präsidentin. st 1390
Cortázar: Bestiarium. st 543
– Die Gewinner. st 1761
– Ein gewisser Lukas. st 1937
– Rayuela. st 1462
Dalos: Die Beschneidung. st 2166
Dorst: Merlin oder Das wüste Land. st 1076
Duerr: Sedna oder die Liebe zum Leben. st 1710
Duras: Hiroshima mon amour. st 112
– Der Liebhaber. st 1629
– Der Matrose von Gibraltar. st 1847
– Sommerregen. st 2284
Eich: Fünfzehn Hörspiele. st 120
Eliade: Auf der Mântuleasa-Straße. st 1826
Elias: Mozart. st 2198
– Über den Prozeß der Zivilisation. Soziogenetische und psychogenetische Untersuchungen. st 2259
Enzensberger: Ach Europa! st 1690
– Gedichte. st 1360
– Mittelmaß und Wahn. st 1800
– Zukunftsmusik. st 2223
Federspiel: Geographie der Lust. st 1895
– Die Liebe ist eine Himmelsmacht. st 1529
Feldenkrais: Abenteuer im Dschungel des Gehirns. st 663
– Bewußtheit durch Bewegung. st 429
– Die Entdeckung des Selbstverständlichen. st 1440
– Das starke Selbst. st 1957
Fleißer: Abenteuer aus dem Englischen Garten. st 925
– Eine Zierde für den Verein. st 294
Frisch: Gesammelte Werke in zeitlicher Folge. 7 Bde. st 1401-1407
– Andorra. st 277
– Homo faber. st 354
– Mein Name sei Gantenbein. st 286
– Montauk. st 700
– Stiller. st 105
– Der Traum des Apothekers von Locarno. st 2170
Fromm / Suzuki / Martino: Zen-Buddhismus und Psychoanalyse. st 37
Fuentes: Nichts als das Leben. st 343
Gandhi: Mein Leben. st 953
García Lorca: Dichtung vom Cante Jondo. st 1007
Goetz: Irre. st 1224
Gulyga: Immanuel Kant. st 1093
Handke: Die Angst des Tormanns beim Elfmeter. st 27
– Der Chinese des Schmerzes. st 1339
– Der Hausierer. st 1959
– Kindergeschichte. st 1071
– Langsame Heimkehr. Tetralogie. st 1069-1072

265/2/11.93

suhrkamp taschenbücher
Eine Auswahl

Kraus: Schriften in 20 Bänden. st 1311-1320, st 1323-1330
– Die letzten Tage der Menschheit. st 1320
– Literatur und Lüge. st 1313
– Sittlichkeit und Kriminalität. st 1311
Karl-Kraus-Lesebuch. st 1435
Kundera: Abschiedswalzer. st 1815
– Das Buch vom Lachen und vom Vergessen. st 2288
– Das Leben ist anderswo. st 1950
Laederach: Laederachs 69 Arten den Blues zu spielen. st 1446
Least Heat Moon: Blue Highways. st 1621
Lem: Die Astronauten. st 441
– Frieden auf Erden. st 1574
– Der futurologische Kongreß. st 534
– Das Katastrophenprinzip. st 999
– Lokaltermin. st 1455
– Robotermärchen. st 856
– Sterntagebücher. st 459
– Waffensysteme des 21. Jahrhunderts. st 998
Lenz, Hermann: Die Augen eines Dieners. st 348
Leutenegger: Ninive. st 685
Lezama Lima: Paradiso. st 1005
Lovecraft: Berge des Wahnsinns. st 1780
– Der Fall Charles Dexter Ward. st 1782
– Stadt ohne Namen. st 694
Mastretta: Mexikanischer Tango. st 1787
Mayer: Außenseiter. st 736
– Ein Deutscher auf Widerruf. Bd. 1. st 1500
– Ein Deutscher auf Widerruf. Bd. 2. st 1501
– Georg Büchner und seine Zeit. st 58
– Thomas Mann. st 1047
– Der Turm von Babel. st 2174
Mayröcker: Ausgewählte Gedichte. st 1302
Meyer, E. Y.: In Trubschachen. st 501
Miller: Am Anfang war Erziehung. st 951
– Das Drama des begabten Kindes. st 950
– Du sollst nicht merken. st 952
Morshäuser: Die Berliner Simulation. st 1293
Moser: Grammatik der Gefühle. st 897
– Körpertherapeutische Phantasien. st 1896
– Lehrjahre auf der Couch. st 352
– Vorsicht Berührung. st 2144
Muschg: Albissers Grund. st 334
– Fremdkörper. st 964
– Im Sommer des Hasen. st 263
– Das Licht und der Schlüssel. st 1560
Museum der modernen Poesie. st 476
Neruda: Liebesbriefe an Albertina Rosa. st 829
Nizon: Im Bauch des Wals. st 1900
Nooteboom: In den niederländischen Bergen. st 2253
– Mokusei! Eine Liebesgeschichte. st 2209
O'Brien: Der dritte Polizist. st 1810
Onetti: So traurig wie sie. st 1601
Oz: Bericht zur Lage des Staates Israel. st 2192

265/3/11.93

suhrkamp taschenbücher
Eine Auswahl

Handke: Die linkshändige Frau. st 560
– Die Stunde der wahren Empfindung. st 452
– Versuch über den geglückten Tag. st 2282
– Versuch über die Jukebox. st 2208
– Versuch über die Müdigkeit. st 2146
– Wunschloses Unglück. st 146
Hesse: Gesammelte Werke. 12 Bde. st 1600
– Demian. st 206
– Das Glasperlenspiel. st 79
– Klein und Wagner. st 116
– Klingsors letzter Sommer. st 1195
– Knulp. st 1571
– Die Morgenlandfahrt. st 750
– Narziß und Goldmund. st 274
– Die Nürnberger Reise. st 227
– Peter Camenzind. st 161
– Schön ist die Jugend. st 1380
– Siddhartha. st 182
– Der Steppenwolf. st 175
– Unterm Rad. st 52
– Der vierte Lebenslauf Josef Knechts. st 1261
Hettche: Ludwig muß sterben. st 1949
Hildesheimer: Marbot. st 1009
– Mitteilungen an Max über den Stand der Dinge. st 1276
– Tynset. st 1968
Hohl: Die Notizen. st 1000
Horváth: Gesammelte Werke. 15 Bde. st 1051-1065
– Jugend ohne Gott. st 1063
Hrabal: Ich habe den englischen König bedient. st 1754
– Das Städtchen am Wasser. st 1613-1615
– Tanzstunden für Erwachsene und Fortgeschrittene. st 2264
Hürlimann: Die Tessinerin. st 985
Inoue: Die Eiswand. st 551
– Der Stierkampf. st 944
Johnson: Das dritte Buch über Achim. st 169
– Mutmassungen über Jakob. st 147
– Eine Reise nach Klagenfurt. st 235
Jonas: Das Prinzip Verantwortung. st 1085
Joyce: Anna Livia Plurabelle. st 751
Kaminski: Flimmergeschichten. st 2164
– Kiebitz. st 1807
– Nächstes Jahr in Jerusalem. st 1519
Kaschnitz: Liebesgeschichten. st 1292
Kiefer: Über Räume und Völker. st 1805
Kirchhoff: Infanta. st 1872
– Mexikanische Novelle. st 1367
Koch: See-Leben. st 783
Koeppen: Gesammelte Werke in 6 Bänden. st 1774
– Jakob Littners Aufzeichnungen aus einem Erdloch. st 2267
– Tauben im Gras. st 601
– Der Tod in Rom. st 241
– Das Treibhaus. st 78
Konrád: Der Komplize. st 1220
– Melinda und Dragoman. st 2257
Kracauer: Die Angestellten. st 13
– Kino. st 126

265/4/11.93

suhrkamp taschenbücher
Eine Auswahl

Oz: Black Box. st 1898
– Eine Frau erkennen. st 2206
– Der perfekte Frieden. st 1747
Paz: Essays. 2 Bde. st 1036
– Gedichte. st 1832
Penzoldt: Idolino. st 1961
Percy: Der Idiot des Südens. st 1531
Plenzdorf: Legende vom Glück ohne Ende. st 722
– Die neuen Leiden des jungen W. st 300
Poniatowska: Stark ist das Schweigen. st 1438
Praetorius: Reisebuch für den Menschenfeind. st 2203
Proust: Auf der Suche nach der verlorenen Zeit. 10 Bde. suhrkamp taschenbücher
Puig: Der Kuß der Spinnenfrau. st 869
– Der schönste Tango der Welt. st 474
Ribeiro: Brasilien, Brasilien. st 1835
Rochefort: Zum Glück gehts dem Sommer entgegen. st 523
Rodoreda: Auf der Plaça del Diamant. st 977
Rothmann: Stier. st 2255
Rubinstein: Nichts zu verlieren und dennoch Angst. st 2230
Russell: Eroberung des Glücks. st 389
Sanzara: Das verlorene Kind. st 910
Semprún: Die große Reise. st 744
– Was für ein schöner Sonntag. st 972
Sloterdijk: Der Zauberbaum. st 1445
Späth: Stilles Gelände am See. st 2289
Sternberger: Drei Wurzeln der Politik. st 1032
Strugatzki / Strugatzki: Die häßlichen Schwäne. st 1275
– Eine Milliarde Jahre vor dem Weltuntergang. st 1338
Tendrjakow: Die Abrechnung. st 965
Unseld: Der Autor und sein Verleger. st 1204
– Begegnungen mit Hermann Hesse. st 218
Vargas Llosa: Der Geschichtenerzähler. st 1982
– Der Hauptmann und sein Frauenbataillon. st 959
– Der Krieg am Ende der Welt. st 1343
– Lob der Stiefmutter. st 2200
– Tante Julia und der Kunstschreiber. st 1520
– Wer hat Palomino Molero umgebracht? 1786
Walser, Martin: Die Anselm Kristlein Trilogie. (Halbzeit, Das Einhorn, Der Sturz). st 684
– Brandung. st 1374
– Ehen in Philippsburg. st 1209
– Ein fliehendes Pferd. st 600
– Jagd. st 1785
– Jenseits der Liebe. st 525
– Liebeserklärungen. st 1259
– Lügengeschichten. st 1736
– Das Schwanenhaus. st 800
– Seelenarbeit. st 901
– Die Verteidigung der Kindheit. st 2252
Walser, Robert: Der Gehülfe. st 1110

265/5/11.93

suhrkamp taschenbücher
Eine Auswahl

Walser, Robert: Geschwister Tanner. st 1109
– Jakob von Gunten. st 1111
– Der Räuber. st 1112
Watts: Der Lauf des Wassers. st 878
– Vom Geist des Zen. st 1288
Weber-Kellermann: Die deutsche Familie. st 185
Weiß, Ernst: Der Augenzeuge. st 797
Weiss, Peter: Das Duell. st 41
Winkler: Friedhof der bitteren Orangen. st 2171
Zeemann: Einübung in Katastrophen. st 565
Zweig: Brasilien. st 984

265/6/11.93

Max Frisch
Sein Werk im Suhrkamp Verlag

Gesammelte Werke in zeitlicher Folge. Sieben Bände. Herausgegeben von Hans Mayer unter Mitwirkung von Walter Schmitz. Leinen

Band 1: Kleine Prosaschriften, Blätter aus dem Brotsack. Jürg Reinhart. Die Schwierigen oder J'adore ce qui me brûle. Bin oder die Reise nach Peking. 1931-1944. Leinen

Band 2: Santa Cruz. Nun singen sie wieder. Die Chinesische Mauer. Als der Krieg zu Ende war. Kleine Prosaschriften. Tagebuch 1946-1949. 1944-1949. Leinen

Band 3: Graf Öderland. Don Juan oder die Liebe zur Geometrie. Kleine Prosaschriften. Der Laie und die Architektur. Achtung: Die Schweiz. Stiller. Rip van Winkle. 1949-1956. Leinen

Band 4: Homo faber. Kleine Prosaschriften. Herr Biedermann und die Brandstifter. Biedermann und die Brandstifter. Mit einem Nachspiel. Die große Wut des Philipp Hotz. Andorra. 1957-1963. Leinen

Band 5: Mein Name sei Gantenbein. Kleine Prosaschriften. Zürich-Transit. Biographie: Ein Spiel. 1964-1967. Leinen

Band 6: Tagebuch 1966-1971. Wilhelm Tell für die Schule. Kleine Prosaschriften. Dienstbüchlein. Montauk. 1968-1975. Leinen

Band 7: Kleine Prosaschriften. Triptychon. Der Mensch erscheint im Holozän. Blaubart. 1976-1985. Leinen

Gesammelte Werke in zeitlicher Folge. Jubiläumsausgabe in sieben Bänden in den suhrkamp taschenbüchern. 1931-1985. Herausgegeben von Hans Mayer unter Mitwirkung von Walter Schmitz. Textidentisch mit der Leinenausgabe. st 1401-1407

Einzelausgaben

Andorra. Stück in zwölf Bildern. BS 101 und st 277

Biedermann und die Brandstifter. Ein Lehrstück ohne Lehre. Mit einem Nachspiel. es 41 und st 2545

Biedermann und die Brandstifter. Ein Lehrstück ohne Lehre. BS 1075

Bin oder Die Reise nach Peking. BS 8

Biografie: Ein Spiel. BS 225

Biografie: Ein Spiel. Neue Fassung 1984. BS 873

Blaubart. Eine Erzählung. Gebunden, BS 882 und st 2194

Die Chinesische Mauer. Eine Farce. es 65

Dienstbüchlein. st 205

Don Juan oder Die Liebe zur Geometrie. Komödie in fünf Akten. es 4

Erzählungen des Anatol Ludwig Stiller. Mit einem Nachwort von Walter Jens. st 2303

Forderungen des Tages. Porträts, Skizzen, Reden 1943-1982. Herausgegeben von Walter Schmitz. st 957

23/1/4.97

Max Frisch
Sein Werk im Suhrkamp Verlag

Fragebogen. BS 1095
Frühe Stücke. Santa Cruz. Nun singen sie wieder. es 154
Graf Öderland. Eine Moritat in zwölf Bildern. es 32
Herr Biedermann und die Brandstifter. Rip van Winkle. Zwei Hörspiele. st 599
Homo faber. Ein Bericht. Leinen, BS 87, st 354, st 2740 und Großdruck. it 2344
»Ich stelle mir vor«. Ein Lesebuch. Herausgegeben von Rolf Niederhauser. Gebunden
Mein Name sei Gantenbein. Roman. Leinen und st 286
Der Mensch erscheint im Holozän. Eine Erzählung. st 734
Montauk. Eine Erzählung. Leinen, BS 581, st 700 und st 2613
Schweiz als Heimat? Versuche über 50 Jahre. Herausgegeben und mit einem Nachwort versehen von Walter Obschlager. Sonderausgabe. Leinen
Schweiz ohne Armee? Ein Palaver. st 1881
Stich-Worte. Ausgesucht von Uwe Johnson. BS 1138 und st 2728
Stiller. Roman. Leinen, st 105 und st 2647
Stücke 1. Santa Cruz. Nun singen sie wieder. Die Chinesische Mauer. Als der Krieg zu Ende war. Graf Öderland. st 70
Sämtliche Stücke. st 2417
Tagebuch 1946-1949. st 1148
Tagebuch 1946-1949. Tagebuch 1966-1971. 2 Bände in Kassette. Leinen und Leder
Tagebuch 1966-1971. Leinen, kartoniert, BS 1015 und st 256
Der Traum des Apothekers von Locarno. Erzählungen aus dem Tagebuch 1966-1971. BS 604
Triptychon. Drei szenische Bilder. Engl. Broschur und st 2261
Wilhelm Tell für die Schule. Leinen und st 2
Zürich-Transit. Skizze eines Films. st 2251

Schallplatte

Wir hoffen. Rede zum Friedenspreis des Deutschen Buchhandels. Schallplatte

Vorwort

Bertolt Brecht. Sein Leben in Bildern und Texten. Mit einem Vorwort von Max Frisch. Herausgegeben von Werner Hecht. Leinen

23/2/4.97

Max Frisch
Sein Werk im Suhrkamp Verlag

Über Max Frisch

Begegnungen. Eine Festschrift für Max Frisch zum siebzigsten Geburtstag. Herausgegeben von Siegfried Unseld. Leinen

Fünf Orte im Leben von Max Frisch. Gesehen von Fernand Rausser. Broschur im Schuber

Max Frisch. Herausgegeben von Walter Schmitz. stm. st 2059

Materialien

Frischs ›Andorra‹. Herausgegeben von Walter Schmitz und Ernst Wendt. stm. st 2053

Materialien zu Max Frisch ›Biedermann und die Brandstifter‹. Herausgegeben von Walter Schmitz. st 503

Frischs ›Homo faber‹. Herausgegeben von Walter Schmitz. stm. st 2028

23/3/4.97